目次

輯貳：專題書寫

地 專題書寫

西街少女／chamonix lin

水的地圖，漫漶著光——書寫臺北古亭／陳思嫻

彩虹另一端／冷霜緋

文林路陪我醒著／紅紅

空 專題書寫

搖擺之間／胡剛剛

空／侑芃

空著的船／邱逸華

之間 專題書寫

那一段日子／夏靖媛

邊界、夢與現實——趨近的命題／柏森

之間（Inter, among, In between）／紀羽綾

迷宮／歐筱佩

004　005　007　008　　012　014　018　　022　024　026　028

輯參：詩的跨域 X 駐版合作

I　Podcast：到站提示音

II　微電影：身體 x 詩 x 微影

III　書法：詩之毫釐

IV　建築美學：近而不達

V　詩展：Yiping：不存在的詩展

VI　訪談：一杯酒的時間

034　036　038　042　052　054

輯貳：專題書寫

地

專題書寫

西街少女

chamonix lin

女，1978 年生，東吳法律及國管法研畢，北一女青年文藝獎及優秀青年詩人獎，野薑花詩社，2020 松鼠文化出版《你可不可以培養一點不良的嗜好》，2024 松鼠文化出版《蕾絲手銬》。

f 夏日的不良嗜好　　@addictionofsummer

004

作為長年往來雙城的老臺北人，雖必朝聖黃威融《在臺北生存的一百個理由》，但說起自己的走跳往事，孫協志與王心凌主演的《西街少年》或許比較像是我的少女時代。朱天心在《擊壤歌》裡心心念念的老天祿滷味、餅乾勝飲料的蜂大咖啡、曾獨領風騷的大銀幕國賓電影院、同志酒吧地標的西門紅樓、刷卡入場開了又關的星據點均是記憶裡的光燈，襯得龍蛇雜處的萬年大樓更加閃爍刺目。至於那些邊走邊找 2H、3H 的荒唐青春，似乎也還糖漬在心裡發酵，既舊且甜。

為什麼說《西街少年》比較像是我的少女時代呢？因為就這麼剛好，高中穿了線制服，週末補完習大搖大擺橫越中華路去蜂大咖啡買蛋仔餅或桃酥解饞，再喝杯成都楊桃湯解渴；大學掙扎於無法玩四年的城中校區，每當校考完畢腦袋發疼，或不經意想起幾年後那場不成功便成仁的司律國考，同學們就吆喝相揪前往對岸去浪費人生，共赴一場逃避大典。金獅吃港點、獅子林看電影，接著打棒球，最後泡好樂迪吃喝歡唱。瑣碎片段由西門町這個共同地點出手，蒐羅整理，拼貼為青春照片，錶框懸掛於回憶之牆，不時也轉著七彩霓虹燈。

同是臺北人，這孩子氣的西街遊蕩與許菁芳或李維菁那種自戀自斂的舒適自持有點差距，倒比較像胡淑雯的且行且觀照，也帶點楊索的階級敏銳，畢竟這一小群同溫層都是所謂知識菁英，亮眼成績與姿態老成的各種社會學理論不過是內心軟肋的包裝紙，雖假裝未曾感知家境、外貌或文化落差，放肆遊走於街區，但說到底本心並不自信，舉手投足的行動細節呼應街區的放縱頹唐，也武裝自己，投向看似兼容並蓄的西門町大染缸。走著走著，不免狐疑，這樣危顫地開放在半老街區，稍微跨越新穎電影院或潮店的邊界，就會踩到茶舞、樓鳳、站壁、毒窟、賭檔或當時還算傷痕的同性愛之誘，搖搖擺擺。

也講談西城故事。我前女友（對沒錯）啟蒙出櫃早，年少時她與她首任女友牽手漫步西街，該處圈內人對 T 的長髮豐胸頻頻投以異樣眼光，使她開始思索刻板印象與性別角色的影響力。是說人總會下意識對周遭人事物分類標籤，神利理解與記憶，當時民智未開的女同圈中，相對吃角色僅有 TP，T 得表現出短髮束胸鋼鐵的類男性形象，若超越框架，即便只是外形異於預設，也難免將違和與不適轉為陌生與敵意，毫無遮掩地用眼神之箭射向素昧平生的路人。這樣的小故事，這樣的西門町，說它包容次文化，或許說得太早。

再聊聊我的西城情思。年少時愛過生活動盪的男人，每當他長時間離開臺北，我就蹲地畫蜘蛛絲，在那裡坐愁紅顏老，生活重心全是抱柱等他返回。他回臺北當晚，我們會去西門好樂迪唱歌，小包廂裡，兩人就是全世界，我毫不客氣地直接坐進懷裡，年長很多的他就輕撫我肩背，彷彿用手掌賞析瓷器的光澤觸感。因為交友廣闊，他整晚接聽來電，應付各路邀約，懷裡的我就邊唱邊使心計裝可愛，努力把他綁在身邊久一點。唱完歌，也是鬆手放他去跟兄弟廝磨，深夜的風吹得心頭微涼，我倆站在峨眉街與西寧南路交岔口耳鬢廝磨，深夜的風吹得心頭翻飛，格外哀艷。

幾年前讀了日本跨界作者 Jane Sue 所寫《問題是，妳當少女到幾歲？》，這書名引起眾家姐妹熱議，我說我要當少女到離世前一天，姐姐說她要戀愛到七十歲。這戀愛少女感不只對同性異性，也受運動、藝術、文學、美食或生活的魅力吸引而深陷情網；又或者，連栩栩如生的記憶光影與城市風貌也一併愛著。無論幾歲，我們都沉迷那些縱情恣意的時光，也因此自居恪的永恆少女，在昔日、今日、未來的西街，蹦跳戀愛的步伐，任風吹過頭髮。

陳思嫻

曾任國立台灣文學館雜誌編輯、報社副刊編輯與藝文記者，曾獲林榮三文學獎新詩首獎、吳濁流現代詩獎、台中縣文學新詩獎、竹塹文學現代詩獎等。著有詩集《星星的任期太長了》

f susanchen428

水的地圖，漫溢著光——書寫臺北古亭

回憶起到台北工作時的第一個居所——古亭，它在我腦海中充滿水的意象。與史料上，記載先人為防禦泰雅族所建造的洞讓我往下鑽逃，只能趕緊將機車轉向，再繞一大段路回到仁愛路。

從此，在台北騎車時，我不忘啟動觸探單行道的敏銳天線。

偶爾，徒步到南昌路上一家素食店，更多時候是為了翻閱《經典》雜誌。我待在店裡閱讀的時間常超過一兩個小時，抬頭時，往往發現用餐的客人幾乎離去，店家一家人已聚在最末排座位吃午餐，我不好意思再逗留，只好硬著頭皮向店家借閱雜誌，身穿慈濟志工制服的老闆娘，熱心地找出更多過期的《經典》，一併放到我手上。

從住處走路十分鐘，即可抵達汀州路二段的王貫英先生紀念圖書館，我多次前往，看見王貫英先生騎三輪車的舊照掛在牆面，提醒讀者這座圖書館是由王貫英先生克勤克儉拾荒、捐贈圖書而建成。然而，圖書館騎樓在夜晚稍稍昏暗，加上垃圾滿地，我更躊躇不前，往後，便改往大安分館借閱圖書。

大安分館圖書館緊鄰大安森林公園，叢叢綠蔭，微風拂來，滯留鼻尖的古亭舊建築霉味，彷彿跟著飛散。

第一次北上，人生地不熟，對台北毫無知悉，無意間落腳古亭，租賃處位於同安街街尾巷內，入住時節正逢冬雨綿綿，陽光懶憊地，時而被雲層遮蔽，天色灰撲撲，白天總像黯夜。

老公寓四樓隔成八間套房，走廊上暈黃的燈泡時常故障，伸手一片漆黑，看不清迎面而來的形影。屋前屋後的陽台上，鏽蝕斑斑的鐵窗花在過長的雨季，顯得格外頹喪。潮濕的空氣不時浸入情緒和身體，風呼呼地敲扣門窗，即使能將窄隘的套房扭成一條麻花捲，擰盡水滴，經雨水澆灌而盛開的黑黴花，依舊不分四季，隨著漆塊從天花板層層剝落。

捷運是台北人習以為常的代步工具，對於我在人車擁擠的台北，騎機車上班一事，同事們驚呼連連，不敢置信。過往，我曾騎車穿梭在嘉義大林與民雄鄉間、台南市區，搬遷時，自然將機車順帶運送到台北。第一天上班便在仁愛路上出糗。

從古亭騎車到仁愛路，僅二十分鐘距離。那天，在寬敞的大馬路上，反方向駛來一輛警車，身旁的公車卻和我同方向前行，警察頻頻轉頭盯著我，正當感到納悶，懷疑自己是否闖了紅

難得的晴日午後，我曾經尋著大提琴樂音來到巷口正對面的空地，一眼認出演奏者是「大鬍子」音樂家范宗沛，一旁擺放寥寥幾張座椅，我不敢置信地看見詩人余光中先生也在其中。除了工作人員，我是唯一闖入紀州庵文學森林動土現場的見證者。

原來，每天進出巷口，和我擦身而過，扶著根鬚的老榕樹旁那棟屋頂鋪滿落葉的舊日式建築「紀州庵」，即是昔日平松家族經營的日式料亭，而後為小說家王文興的住所及其小說《家變》的部分場景，也就是現今的紀州庵文學森林建築其中之一。

漸漸地，我藉由文學地景熟識古亭。記憶中，巡禮文學地景時，雨水都躲在看不見的遠方，似乎群聚成新店山區的積雲，古亭的街道巷弄不再行有水漬跡痕。

僅僅和住處相隔五條巷弄，我每天行經廈門街113巷，就能從巷口瞥見爾雅出版社、詩人余光中先生的老家（當時尚未成為故居），也在同一條巷子裡。我從國中時期閱讀的書籍當中，少不了爾雅和洪範出版的書，更遑論余光中先生的詩集。

我對古亭的親切感油然而生。

也曾走出古亭捷運站七號出口處，邂逅坐落在此的《國語日報》社，這一處是我小學四年級開始投稿《國語日報》，在信封上寫下的地址，沒預料到將來有一天，能夠來到這個收件處，重新感受當年閱報和投稿時，那個年紀小小的我，如何懷著早熟的心思，企盼自己的作品被印成鉛字刊登在報上。

屬於文學的古亭終究是陽光探出頭的古亭；一次，走在廈門街

或許是被綿長的雨季攪得發愁，有一陣子，我經常幻想在窗明几淨的城市街頭轉角處，遇見一隻兔子。某一天傍晚在昏暗的巷口，紀州庵旁的天橋不遠處，這麼巧地，真得遇見了兔子，我失聲驚叫：「啊，兔子！」眼前的兔子，被一位巴基斯坦男孩小心翼翼「端」著，和他的身體保持一段距離。

我猜想他應該不是兔子的主人，於是向前關心。巴基斯坦男孩聊起他在古亭河濱公園運動時，看到兔子被野狗追趕，只好驅趕野狗，暫時將兔子帶回家。我擔心兔子的安危，再三叮嚀巴基斯坦男孩好好照顧牠。對於幻想就這麼無來由地實現，我回到住處後，躺在床上發愣許久，雖然這隻兔子來自依傍著新店溪的河濱公園，而非公司附近潔淨的騎樓，也算是美夢成真。

兩年後轉職，上班地點在內湖，我搬到街巷朗闊的民生社區，相對於古亭，民生社區的生活機能出奇地方便，而無論搬遷至何處，總是與圖書館為鄰，這是我感到最幸福的事。

回頭再想起古亭，原先，這張街道巷弄滿溢著水的地圖，已漫

漶文學的光。

冷霜緋

喜歡創作。詩、散文、奇幻故事、極短篇驚悚小說、繪圖。現今寄居於虛構世界的某座城市，身邊有一隻非常非常非常重要的玩偶。

彩虹另一端

那次看見彩虹。朦朧的街景內，視野微醺，啤酒精釀的氣味讓返家的步伐走得搖搖晃晃，十一月的夜稍涼，佇立於西門町捷運站六號出口，周遭的車燈、街燈與大樓，一切變得更炫麗晶亮，華麗輝煌，所有燦爛的燈光像無數水晶泡泡，帶著喧嘩的城市一起漂浮。

許久沒有造訪西門町了，街景雖非如記憶中的樣貌但熱鬧依舊，裝扮時尚的年輕人們陸續湧入大街小巷，目光悄悄掃過每張陌生而洋溢光彩的臉孔，不知不覺，時間的光在我身上像一束小小的火苗，微弱、黯淡，卻希望用盡全力為自己的黑暗與所喜歡的人留下一點點亮。將視線移回彩虹步道，慢慢走至白色的大字「TAIPEI」前，站在彩虹之上，J則在彩虹另一端。我看著J，像看見他。

J和N很像，氣息、聲音⋯⋯透過他們的眼睛，我總能凝視很遠的地方——瑰麗的繁星或湛藍的海，躲入那樣沉穩的瞳孔內，能像個孩子擁有母親的懷抱般感到心安，我知道在這裡會被緊緊擁抱，永遠不會被傷害——如果有淚，也很快就會乾。

N曾有個夢想，我卻怎麼追也追不上。如果可以，我們想拋卻瑣碎的故事，背起輕盈的行囊，倚窗，跟隨火車跟隨晴空跟隨海洋移動，抵達不同的異鄉。如果可以，也想在多雨的城市生活，觸摸玻璃窗上的雨滴。更想在彼此的天空，描繪一張屬於彩虹的地圖。

J帶我去看了電影。往年來到西門町，總是沉浸時尚多變的潮流中，繽紛的青春遍布街道與萬年大樓，日韓風格、潮牌與歐美精品的引領風潮之下，流行元素皆聚集於此。每每與友人們來到西門町，我總被此處的多采多姿吸引，而流連忘返，踩上高跟鞋逛上一整天也不覺疲憊。當拿到夢寐以求的潮牌鞋聯名款，打開鞋盒的瞬間，雀躍的目光就停留在炫目的 logo 設計。如今不再追求潮牌，當再次踏上西門町，與J一起走入繁盛的街景，彷彿有什麼遠離的事物又重新歸還給自己了。

N還在身邊時，一起看了那段日子中，唯一的一場電影，電影名我卻怎麼想也想不起。珍藏的兩張票根也不知遺落在家中哪處角落。此刻，我望向J手中兩張電影票，偷偷記下——第一次和J看電影的日期。等待進場前，我嗑起甜甜的爆米花，與J一起說說笑笑，閒話一番。無論走到哪，與J總是有永遠聊不完的話。

耶誕前夕，從台北車站出發，轉搭捷運板南線，再度走入人潮洶湧的西門町，一首又一首抒情歌曲，正從彩虹步道旁的廣場上傳來，我獨自穿越人群，與人們一同佇足、聆聽。我像不斷收集過去的聖誕老人，為了派發回憶的禮物送給自己，從冷冷的夜裡啟程。我知道，所有的過往都是最美的目的地。

我想起N，也想起J。

文林路陪我醒著

對於士林一直有種混合著熟悉與嫌惡的情感。由於上大學的第一個落腳處，那種初始印象所留下來的陌生懼怕，色澤一直殘存在記憶裡成為基調，任憑後來對它漸漸熟悉也無從抹除。

開學沒多久，就碰上臺北溼冷的冬天，想起姊姊曾告訴我，那時她住在飯店宿舍裡，牛仔褲總是晾不乾。每個早晨我打開女生宿舍水龍頭洗臉時，那股冷冽也鑽入皮骨裡，成為身體的記憶。

校區宿舍只收留大部分的新生半個學期，後來我就在外雙溪校區附近的民宅租屋。下課後回到租賃的單人雅房，人生地不熟其實也不知道去哪裡，唯一期待的就是放長假能返家。半年後我搬到熱鬧的士林夜市。那年和老爸吵了一架，賭氣不想伸手拿生活費，見服飾店在徵工讀生我便硬著頭皮開始白天上課晚上假日打工的生活。

「沒有歸屬感」一直是那時候的心理狀態。參加一些社團遇見一些人但總是來來去去。樓下的服飾店反而是第一個我在臺北感受到溫暖與短暫歸屬的地方。還記得那天傍晚我怯生生走進繁忙的儷儷服飾店，賴老闆看了看簡歷就請我明天去上班。一直到許多年後我仍然記得第一天身穿紗質黃底露肚臍花上衣搭配低腰牛仔褲出現在店裡時，老闆娘的神情。賴老闆的心情總是與天氣有關，很少見到他笑，碰到下雨天悶悶不樂情更少了。印象深刻第一個月拿到薪水袋，賴老闆寫了總薪水一萬元，減去我購買預支的衣服三千多元，賴老闆寫了總薪水一萬元，

最後他把預支的款項用原子筆畫掉，另外再加了三千元獎金給我。那時候才知道原來我努力工作、熱心幫客人推薦衣物，賴老闆都看在眼裡。望著薪水袋我不禁熱淚盈眶，同樣感受到他們對我這個獨自在臺北求學的女生的照顧。時空變易，工讀生來來去去，許多年後那家店已經不在，他們或許已經忘了我，可是我一直記得這份熱暖。

士林夜市的美食是我每日疲累身心的食糧。一直到出社會工作仍然時常回到陽明戲院前，心甘情願跟著排長長的隊伍。後來夜市搬遷過幾次，最近一次搭車經過，看見陽明戲院也正在拆。許多懷念的美食，例如廟口麵線甜不辣、舊夜市小林紅油抄手、上海生煎包、河粉煎……等等，不知道是否還在某個角落等我尋回？兩年前在家觀賞復版電影《恐怖分子》時，當310公車從文林路彎進夜市鬧區，在螢幕前我瞪大眼睛驚喜發現好幾個熟悉的商店招牌，忍不住倒轉、回放了好幾次。

後來那年在文林路還發生了許多事，包括住隔壁房的逃家婦女被丈夫找到破門而入，以及下班後男友鬼魅般的糾纏，在那段他每天說要自殺的日子裡，我時常覺得自己孤立無援。記得有一次，唯一次在崩潰邊緣打電話回家，爸爸接的，仍然不知道說什麼或從哪裡說起，只告訴他自己有點撐不下去了。他聽了之後說沒關係，休學先搬回家也可以。沒多久男友接到兵單，我也因幾個女同學的邀約一起在石牌附近合租一層公寓，漸漸開始群居的日子。

紅紅

喜歡寫詩攝影和貓，偶爾畫畫。曾獲金車現代詩獎、星雲文學獎、葉紅女性詩獎、臺北文學獎。詩作入選二魚出版之《2021臺灣詩選》。

f chuchupoetry

時常回想起十幾年前的那晚，我和C已經各自在大企業工作，週末的晚上我們回到戲院前的空地喝著奶茶媽媽的珍珠奶茶配著士林豪大香雞排，就像學生時代那樣。那晚，我一邊啃著雞排喝著奶茶一邊望著夜市的車潮人潮，默默在心底告訴自己：以後不管多成功多富有，都不要忘記這個滋味。我想牢牢記住這個匯集在士林夜市裡我曾經品嚐過的那些撒滿辛香料、裝滿濃茶與糖水的生活況味，和這條不管我多晚睡多狼狽，永遠車水馬龍陪我醒著的文林路。

空 專題書寫

011

搖擺之間

胡剛剛

測試架構師，賓夕法尼亞大學電腦碩士。北美中文作家協會秘書長。著有散文集《邊界》，兒童漫畫集《鋼珠語錄》。獲杜伊諾城堡國際詩歌獎、梁實秋文學獎、臺中文學獎、香港青年文學獎等。繪畫作品多次入選國際畫展。

ganggang.guidice　website: http://gangganghu.com/

「吱嘎！」「砰！」「咚！」「哐啷！」──我目測不準，一腳踏空，踩翻了木頭椅子，跌坐在水泥地上，鏡框從掌心墜落，摔成好幾瓣。

我盯著被椅子砸她的右腿脛骨前肌，一圈破皮不規則翻捲，中央鮮紅一片，血將從那裡滲出，漫過周邊浮現的青腫。顯然，神經末梢受到了超過痛閾值的刺激，我準備就緒，等待大腦接收電信號並做出初步判斷後，送來程度未篤的疼。

我想我的身體一定是用彈珠磊成的，斑斕的紋理引人靠近，摩擦力又太小，拒絕任何觸碰誘發的不穩定性。彈珠之間似有若無的互抵沒到好處，暴露出靜力平衡的界限，光滑通透的表面留不住甜，也沒有一種色彩讓心覺得安全，好比蝴蝶對一束花的花瓣倒背如流，卻搞不清它的根須，因為激情是淺表無序的，大爆炸後，引力錯亂的星球四散滾落，砸暈了力道所及的觸覺感受器與傷害性感受器。

睡了十幾年的臥室，從床尾到馬桶一共十幾步路，起夜一頭撞牆上；用了十幾年的微波爐，左手關爐門，狠狠夾住放進菜碟後沒來得及撤出的右手；開了十幾年的車，撞腿欲跨入，腳脖子先杵進車門下角⋯⋯我可以用任何令人匪夷所思的方式弄傷自己。心情舒暢時，我搬出《六韜·武韜·發啟》聊以自慰：「鷙鳥將擊，卑飛斂翼；猛獸將搏，弭耳俯伏；聖人將動，必有愚色。」心情沮喪時，現在看了想哭，我印有粉紅花瓣的卡通日記本上，寫一堆當時看了想哭，現在看了想吐的矯情文字。有人叫我「豌豆公主」，我既尷尬又無奈地糾正：豌豆公主身上的血瘀來自皮膚太嬌嫩，我身上的血瘀來自反應太遲鈍──習以為常的麻木取代了為拙手笨腳閃脫的動力，也許荒誕的結局不存在合理解釋，我秉性如此，無藥可救。

若外傷只染指表皮也罷，恐怕的是連角膜都要覬覦。從三歲到十歲，我幾乎每年都瀕臨失明，不是被同學的指甲戳到，被彈來自皮桃樹枝刮到，就是被飛來的玩具插片刺到。刀光劍影中，記憶庫調出幾個獨立事件片段：一個是趕往醫院急診的路上，我趴在父親肩頭有規律地顛簸，四周噪音搖曳，稀疏的人影和昏暗的燈光晃進眼角，組成我生平首次乘地鐵的印象；一個是候診室裡，一位阿姨用浸透了血的毛巾捂住半邊臉，肩膀止不住顫抖，聽說她遭遇了高壓鍋爆炸；另一個是醫生往我白眼球裡注射抗菌素，我平躺在病床上，胳膊和腿被幾只手按著，一

忘了當時疼不疼，反正現在我疼得不輕。我的安全處境讓大腦認為疼痛適合發生，於是對我慷慨解囊，奈何我消受不起，火辣、酸辣、苦辣加麻辣輪番轟炸舌站起身，一瘸一拐去找藥記不清這是第多少次傷到自己了，尤其開春後，舊疤尚未退下，新傷立即補上，豁開的皮肉合不攏嘴，笑看我為外出穿短袖短褲無望而氣急敗壞。從兒時起就把水扣一身；端半杯水走路，東搖西擺：端一杯水走路，沒邁步就把水扣一身；端半杯水走路，走一路灑一路；端空杯子走路也能摔個大馬趴，杯子甩到雲深不知處。平衡掌握不好，不幸的是，這跟蹌並未隨著我的生長而離場，十四歲與父母遊巫山玩漂流，男女老幼歸咎於個子大腳丫小，平衡掌握不好，不幸的是，這跟蹌並未挽起褲腿，排隊踩石頭過小溪，別人健步如飛，我顛顛巍巍，沒走幾步，就落到隊尾，再走幾步，腳下一滑，「撲通」一聲，摔了個乾淨利落脆，隊伍前面傳來母親氣定神閑卻極具穿透力的聲音：「大家不用回頭看，一定是我閨女。」

灰塵在夕照中旋轉，聚成水晶色箭頭，指向幾步開外。玻璃裂紋裡，老照片正回顧自己笨拙的一生：十八歲的我立足灘塗，呆望向虛無脈象裡漸變的雲，視線越拉越長，越拉越緊，我並沒在思考什麼哲學問題，只是剛好從一個趔趄中找回重心，被父親抓拍下來而已。

四月復來，春光乍洩，裙角飛揚——又是遍布兩腿的創可貼。右腿正中昭示著掛鏡框的失勢，外側淤青呈淡化趨勢，一路小跑蹭過床沿，添上嶄新的血印，與左腿被櫥櫃門所賜的黑紫組成對稱斑紋，拘役我對臭美並不過分的熱忱。見我精神渙散，長吁短嘆，六歲的孩子在我年齡最小的創可貼上親了一下，安慰道：「不要心急，慢一點，就不會受傷，」我呆呆望向他眼裡的光，一閃一閃，彷彿虛無脈裡漸變的雲，我的視線越拉越長，越拉越緊，「媽媽，你要給自己一點時間，像鴨博士對雙頭雞說的那樣。」

他最近正在讀兒童作家湯姆・安格爾伯格的漫畫小說《雙頭雞》，雙頭雞為了躲避麋鹿的追擊，從一個宇宙跑到另一個宇宙，有如沒頭蒼蠅，直到遇見滿腹經綸的鴨博士。鴨博士告訴雙頭雞，與其落荒而逃，不如花些精力武裝到牙齒，化被動為主動，一舉擊敗麋鹿。

凡人大多被虛榮追逐，虛榮好似偽裝成馴鹿的駝鹿，牠的雪橇裡裝滿咒語，用來喚醒貪婪，那是一件危險的禮物：「請用你的才華餵養我，換得押給未來的賭注。」未經深思熟慮的心，太容易屈服於駝鹿的誘餌，猛打猛衝又不易厭難折衝，多半落得自暴自棄，磅礡的氣勢源自未雨綢繆後的淡定。如此簡單的道理，還要靠孩子點撥，看來我確實要冷靜下來，駐足反芻了：走水泥路摔多了跤，那麼走人生路就少摔點跤，就算硬件設施難以改善，至少我可以通過修煉耐力、減少心碎的方式來彌補物理層面上不可控的痛感襲擊。憑智慧為矛，靠意志做盾，對缺陷真正的善待應來自內在。

搖擺之間有所得，希望最近這次的跤沒白摔。

父母對教練的婉拒令我大哭不止，那時候正值電視劇《綠水英雄》熱播，女主人公身懷絕技「飛魚轉身」——游到泳道盡頭，在水下翻滾轉體，雙腳猛蹬池壁，躍出水面，飛行一段距離後再扎入水中繼續遊，這套動作違背物理定律，但不妨礙我為此癡迷，做上奧運冠軍夢。不過我一向惟命是從，父母喊停，我便不再堅持，可這一停不要緊，不到兩年工夫，我一乾二淨，一沾水渾身發抖，高呼救命。都說游泳和自行車是學會就忘不了的技能，我偏偏例外，也搜過許多資料，都是「為什麼學過的知識能忘，游泳忘不了？」從來沒有人問：「為什麼我把學得好好的游泳給忘了？」難道是小腦發育缺陷達不到行動困難的程度就不能被定性？想想祖母年過九旬被診斷為小腦萎縮，意味著缺陷會遺傳，我也尚無資格自稱缺陷。缺陷有無名號，即便動作協調障礙得不到理解被包容，「有」等於被嘲笑被嫌棄，「無」等於被理解被包容，這對我來說，實屬不公。

為了改善我的協調功能，父母給我報了游泳培訓班。我下水橫衝直撞，所向披靡，幾週內就掌握了四種泳姿，並奪得市區少兒游泳比賽蛙泳組亞軍。教練說我是力量型選手，鼓勵我留在體校，接受重點培養。我若有所思，力量型大約指蠻力十足？怪不得身體隨便往哪兒一磕，都是往死裡磕，若傷勢不輕的話，怎麼對得起「力量型選手」的稱號？

針下去顧不上喊疼，視野已鮮紅一片。這些片段總在深夜搞惡作劇，把我的美夢反轉成噩夢，直到我戴上平光鏡，它們才稍作老實。我可憐的眼鏡被從天而降的「手抓刺刺球」砸掉過，被迎面飛來的火箭模型撞飛過，衝 dunno 常導致鼻托刺破鼻梁皮膚，但好在有鏡片做保護層，雙眼安然無恙，所以後來即使我的眼鏡有了度數，我也不戴隱形眼鏡，裸眼遊行，於我無疑兇多吉少。

014

侑芃

一個幸運長大的受精卵。
輸入字串就會隨機拋出東西的居批踢。

▶ 人有草凡　f 人有艸凡　◎ @airhugs.ponpoem

空

"Maybe we're trying
Trying too hard
Maybe we're torn apart
Maybe the timing is beating our hearts
We're empty"
──The Click Five, "Empty"

開始之前，還請點開這首歌吧！

空，
對我而言是以下這串字元：
「三德五金行，桃園市八德區興豐路750號。」

嗯？這跟空有什麼關係？
即使將這串地址丟到 Google 地圖，恐怕仍然會感到一頭霧水吧？
你可能會得到「三德五金行」這個條目，並且上頭沒有任何評價，因為我才申請商家檔案不久而已。
而當你讀到這段文字的時候，這間店，已不復存在。

三德五金行開設於1985年的七月盛夏，由我的阿公呂逢庚所創，而這間店也終止於他過世的翌年，2023年，從1985年到2023年，中間整整隔了38年，也許一時之間很難想像38年有多久，但這段時間能讓一個人從幼兒園一路讀完博士都還有剩。更具體來說好了，這恰好跟臺灣的戒嚴時間一樣長，臺灣的戒嚴時間是從1949年陳誠頒布的戒嚴令，一直到蔣經國頒布解除戒嚴令的1987年，而這是截至目前為止全世界執行第二長的戒嚴時間（最長的是敘利亞的48年）。

對於一個家裡做生意的孩子來說，店面自然是比家還更像是一個家了。

我從來沒有搬過家。小時候聽見同學們搬了新家，心裡總是有些羨慕，為甚麼他們可以換到一個新地方住呢？不見得是又大又新的房子，光是換到一個沒生活過的地方，就足夠讓我癡心妄想了。小小的心底啊哪會知道，有時候搬家其實是一種不得已的顛沛流離。只想著為甚麼其他人放學可以出去玩，我卻只能窩在櫃台旁摺疊的卡通桌上寫作業？別人幼稚園的寫字練

習是ㄅㄆㄇㄈ，我的寫字練習則是開立收據，大班就很清楚國字的大寫數字該怎麼寫了，國小就學會開支票，也知道芭樂票字的大寫數字該怎麼寫了，隨便開支票是不好的，做生意要有憑有據。店是無法兌換的，隨便開支票是不好的，做生意要有憑有據。店裡的任務繁雜，還有找零、結算當日的帳、標貨上架⋯⋯等。

鐵皮屋上掛著的招牌是黃底黑字的「三德五金行」，藍色的鐵捲門上升之後，看到左右對開的黃銅色鋁門，透明的玻璃上可以看見左邊寫著標楷體的「三德」，右邊則是圓體的「五金行」，麥克筆手寫的「冷氣開放」，與「向左開門」、「向右開門」，但這不是自動門，你得自己決定要往左或往右推開，推開之後別擔心，方才推動給予的動力會讓門片自己慢慢關上。

進門會看到粗糙的砂礫地板，左手邊是櫃台，櫃台後是掛滿整面的工具牆，「本店免用統一發票」貼紙，「現金交易，恕不賒欠」壓克力牌。而店裡一共有三條走道。右手邊是家庭生活用品，中間有碗盤家庭清潔用品，左邊則是建築類五金工具。不論客人要甚麼東西，爸媽幾乎都能像出於本能般地回答：「中間這排走到底右手邊，最底下那層的XX物品旁邊。」我可以說出幾十個店裡發生的故事，只不過光是想就讓我泛淚，這篇文章讓我停下來好多好多次，好似在害怕文章結束，故事，也結束了。

五金行就這麼靜靜佇立在原地三十多年，店門口的馬路由雙線道拓寬成了四線道。

這個月整理貨品時才赫然驚覺，原來一間五金行，幾乎能把生老病死婚喪喜慶全都包辦了：中秋節會用到的烤肉爐、烤肉網、木炭、火種、免洗餐具、烤肉刷。煮飯會用到的料理秤、湯鍋、菜盆、勺子、湯匙、叉子、抹刀、削皮刀。結婚會用到的帶路雞、新娘頭上的米篩、烘爐、裝米糕的謝籃、紅色鴛鴦臉盆、紅剪刀、圍在烘爐旁邊象徵全家同心團結的桶箍。生病時可能會需要的熱水壺、提鍋、便當盒、尿桶、尿壺，又或者是告別式的道教儀式當中藥懺會摔碎的陶瓷藥壺。

水龜，一種龜殼造型的不鏽鋼容器，在裏頭注入熱水，並覆以毛巾或紅色橡膠套，就是天冷時棉被裡的好夥伴。陶瓷暖爐，古早時會在裡頭放入木炭，透過陶瓷的恆溫功能，作為暖爐使用，而在這個電暖器與變頻空調皆容易取得的現代，這些古早智慧結晶也逐漸式微。神明開光會用到的開光鏡，草蓆、藥壺、骨灰甕（喂明明就是佛跳牆甕）、拜拜用的敬神盤、敬神杯。若電器壞掉還沒到要叫水電師傅的程度，基本上在五金行都能買到維修工具。一支好用的馬桶刷很可能拯救瀕臨破碎的婚姻。

台語有句俚語叫「生理囝歹生 sing-lí-kiánn pháinn senn」，意味著要生出一個懂得經營生意的小孩並不容易。雖然家裡是做生意的，但我小時候個性很怕生，客人看見我圓滾滾的臉總忍不住摸一把，我連拒絕的「不」都不敢說。還記得當時最喜歡有事沒事就跑去最後面的角落，坐在一個個臉盆堆疊起來的「臉盆區」，橘色的大塑膠臉盆會用來洗嬰兒，不鏽鋼的臉盆可能用來挑菜，紅臉盆則是中元普渡會用到的。

貨架由拴上螺絲的角鋼所構成，對小學的我來說，那就是我的全世界了，沒有人會來打擾我，就只是靜靜地在那裏，甚至直到我大學畢業後的待業期間，仍然喜歡蜷縮在那個角落，偶然被我嚇到說：「你怎麼坐在這？」我就只是笑，「這裡冷氣比較涼。」前幾天試著坐進去同樣的位置，頭卻直接頂在貨架上，彷彿在提醒著我，以後再沒有這樣的角落庇護我了。

小時候的我體虛如薄紙，好像隨便就能把我給潮解或撕碎了，幾乎可以說是仰賴中藥與西藥續命，誰喜歡呢？即使包裝成草莓或葡萄的藥水，那都是假的甜蜜，更不用說是七彩斑爛卻苦不堪言的藥錠了，害怕被父母追打，於是我就把苦苦的藥含在嘴裡，吞也不是，吐也不是，口中分泌了越來越多的口水，鼓成花栗鼠一般，跑呀就跑去後面躲起來。怎麼會有這麼傻的孩

若你還想看一眼這間店：在擦乾眼淚之後，我會寫下一篇篇故事。

 三德在地五金行 SomedayHardware　　 三德在地五金行 someday_hardware

回到這間逐漸被搬空的五金行吧。

儘管沒有任何人死去，我卻得主持這場告別式，在社群媒體上發布消息，每張商品照片都被我布置成歡樂的迷因。就好像我自己的生前告別式，在小學、國中、高中、前同事、進修同學、研究所、社團朋友、詩友等，從小到大都不曾向他人多加透漏五金行的資訊，沒想到因為這間店的結束讓意料之內與意料之外的人們都來了，照片裡的我們都笑得很開心。

我將物品搬移到了更上層、更醒目的地方，貨架逐漸袒露出白色的肌膚，這上面原先都佈滿了各色各樣的物品，若不是一切都得淨空，恐怕這些物品都會永遠待在這個角落等著被發現的吧？在新的一年都會除舊佈新，而五金行卻彷彿沉積岩般，一層一層鋪上了青春歲月，覆蓋上沙塵，來來往往的人取走需要的部分。而這一次只會有除舊，再沒有更新的人、更新的事物進駐了。

才懷疑有誰會用到這個東西，不久之後就有人來把它買走，確實，再怎麼冷門罕見的物品，在世上的某個角落一定會有人需要的。帶著我的回憶碎片走吧，也許店會清空，以名之的甚麼，也許我現在也說不太清楚那是甚麼，但我相信會在其他人的手上延續下去的。

「沒有沒用的東西，只有沒用（到）的人。」暗暗在心裡下了這個結論。

「三德五金行，桃園市八德區興豐路750號。」

謝謝這個遺址，讓我前半的人生豐盛，而餘下的時間，也不得空。

空著的船

韋應物的〈滁州西澗〉，是唐詩裡我很喜愛的一首。全詩如下：

「獨憐幽草澗邊生，上有黃鸝深樹鳴。春潮帶雨晚來急，野渡無人舟自橫。」

這首詩極富禪趣，特別是「野渡無人舟自橫」此句，可謂詩林中的奇樹。「自」字尤其精妙，賦予「無心」的小舟「自主」的悠閒。試想，在一個急雨的春日夕暮，渡口少了遊人渡客，這條小船就自顧自的擺蕩，隨著潮水慢慢地打橫⋯⋯這是一個脫離常態的瞬間，平日被操縱的客體，成為自然界中唯一的「自由主體」。

這艘「無人的船」，讓我聯想到二千五百年前的莊子，在〈外篇・山木〉裡出現過這樣的描寫：「方舟而濟於河，有虛船來觸舟，雖有惼心之人不怒。」文中的「虛船」，即是一艘空無一人的船。試想：當你乘船渡河時，一艘無人駕駛的空船擦撞了你的船，即使是氣度狹窄、性情急躁（惼心）之人也不至於發怒。

相反的情況是：「有一人在其上，則呼張歙之；一呼而不聞，再呼而不聞，於是三呼邪，則必以惡聲隨之。向也不怒而今也怒，向也虛而今也實。人能虛己以遊世，其孰能害之！」（註）當我們認知到船上有人時，被冒犯或傷害的感受似乎有了出口，反而會讓我們發怒、情緒失控，鑽牛角尖的結果可能是更大的情緒漩渦，更走不出來的死胡同。

莊子的寓言提供給精神醫學一個很實用的理論，我們的心靈是否受傷，有時候是看自己如何詮釋困境——要當一個脆弱的受害者，或是把「那艘有人的船」空掉？在我仍非常年輕的時候，面對衝突的情境總想找一個答案，尋求所謂的真相或公理；但人過中年以後，似乎明白了「空」這個字的柔軟及無限，在許多人生的掙扎、挫折之中，試著改變自己的面對世界，或是看待邪惡之人的方式。

在創作的經驗中，我也時常感受到「放空」的力量。如果我們自己這艘小船，裝滿了世俗的名利、慾望，擔心沉船猶不及，要如何空出清明的心來感受世間的美？甚至連照看自己的內在都不可得。

〈滁州西澗〉中，無人的渡口邊空無一人的船，給人一種平靜與空靈的感動；而它順隨著波流打橫，沒有人力的妄加控制，則接近「全生保真」的理想。被名利羈絆的現代人，誰不嚮往活得如一艘野渡邊的小船？如果可以不再承載負累，忘卻悲歡離合的人間送別，誰不願做一個自在、孤獨的夢遊者！如果旅程沒有方向，甚至連旅程也無，那麼，這種「無心」的時刻，是否就能有「無我」的暢快？所以在思緒紛雜、詩筆庸俗之際，最適合給自己一段放空的旅程，即使只是近郊的田野散步、都市巷弄的探險，都能給自己心境轉換的能量。

邱逸華

執教為業，自許為文學的信徒。執迷於創作，僥倖得過幾個詩／創作獎。遣詞用字典雅外，喜自鑄新辭，追尋言外之意；風格寫實，常從親情、愛情、女性議題、弱勢族群生存困境等面向出發，細心探查城市生活的深沉與虛無。

穆旦在〈從空虛到充實〉一詩中有言：「讓我們在歲月流逝的滴響中，固守著自己的孤島」，能夠享受孤獨、虛空，自能讓自己這座孤島在時間的流逝中兀自崢嶸；自己這艘無心自横、「空著的船」，則成為江上最具風神的主人，充滿詩意。

「我夜坐聽風，晝眠聽雨。悟得月如何缺，天如何老。」這是戴望舒〈寂寞〉中的詩句。「寂寞」對許多人來說是負面情緒，可是對感物生情的詩人而言，「寂寞」恰好是一個「空」的境界，讓詩人的小宇宙與天地萬物交流，所以他便感悟到「月如何缺，天如何老」，寂寞與虛靜，讓人能更接近本真。

我意識中許多純淨的時刻，也是在生命留白的時刻。我喜歡在每天晚餐後的空檔給自己一段孤獨的時光：或許坐在公園裡，或許是信步在喧鬧的街市中，只要有一片月或幾顆星陪伴，蒼茫也好，皎白也罷；我的身心或許放空，或者仍被白天未解之疑難盤據，卻能更率性坦然。有時無心寫詩，靈感卻自己來敲心門──那一種超出平常自己的經驗，就發生在這種可以想也可以不想的感動中。

我們的生活需要「空隙」或是「留白」，讓焦躁的日常得以暫停，心靈可以沉澱，身體可以喘息。講究效率、心情不由自主隨著報表起伏的高壓族群，最需要流浪或旅行。只有適時放下業績考評，屏除優勝劣敗之心，才不致讓自己迷失在競逐之中，茅塞本心。何妨就慢慢走、細細看，也許「我見青山多嫵媚，料青山見我應如是」的感動俯拾即是；靜靜聽、輕輕探，大自然的呼吸與身體的韻律自能感應。

註：
語出《莊子・山木》。本段試譯：倘若那艘船上有人，我們就會高聲大喊要他讓開；如果喊一聲對方沒聽見，就再喊第二聲，如果第二聲還沒反應，第三次呼叫的時候必定會咒罵起來。之前（空船）不會使我們發怒而現在（船上有人）卻發怒了，那是因為先前是空的而今船上卻有人。人如果能夠處世無心而自由自在地遨遊於世上，又有誰能夠傷害我們！

空―專題書寫

之間

專題書寫

那一段日子

分明是暑日，我和他之間，卻悄悄地結冰了。曾經的計畫，結婚，與將近五十歲仍單身的他生個孩子，如此陪伴終老，也許純是我一廂情願的想法？

腦子裡亂糟糟的。平時，對於旁人，心思細密得很，對於自己，我常聽人們笑言，大刺刺的、少根筋。和他同住的那一段日子裡，我自認細心、認真地照顧他與他的家人，但不曉得為什麼他們並不領情，有次甚至因我出外購買剉冰，記得每碗裡頭加的各種料，而遭引其家人講我記憶力太好很恐怖。那時他兀自吃冰，彼此對上眼神的瞬間，我看到的是冷漠——不明白他為何冷漠，我原希望從他那裡得到的是理解，是溫柔，是愛⋯⋯。

我懷孕了。這件事本來想對他隱瞞，因為連續半年頻繁爭吵，為了他嗜酒，為了他好賭，為了他老是背地裡聯絡前任，為了他和一個女人搞曖昧⋯⋯「你愛我嗎？」每一次吵完，我會這樣問，他總是回答「我不愛妳，我為什麼要氣到摔東西。」原來，他假裝著愛，而我剛好需要愛吧，所以我沒有了底線，並且幾乎已認為摔東西過來真的就是表示愛我。

某天半夜，他的每週六賭局結束，我倆清潔完環境，躺在床上準備睡覺。前些日我再三驗孕時，即不分晝夜地為此事緊張、焦慮，可又恐懼著倆人將會因哪事再度吵架，東西會飛過來，精神緊繃到極點。躊躇片刻，我翻側身，輕柔地說，往後假日

能否帶我出門走走，別一直賭博，在這幢房子裏我有種莫名的壓力感，並問起，以後能不能擁有我們自己的家。其實說著這些話，我在斟酌的是，他會否把壞習性改一改，他能不能作孩子的父親。但這孩子保得住嗎？我亦被這想法纏繞。

這些爭吵的日子，為了控制自己而偷偷服用抗焦慮藥。藥物會否影響到胚胎？當確認自己懷孕，我隨即上網查詢，反反覆覆，獨自一下子高興，一下子失落，一下子恐慌⋯⋯當然，年屆四十的我著實渴望保留這個寶寶。他翻過身，張口吹來酒氣，「我跟他們約了起床後繼續賭耶！」忽然間，天似乎裂開，我再無法壓制住怒氣，掀開被褥，起身，故作冷靜地說：「我們分手吧。」而在我收拾物品當下，平時寡言的他頻頻出聲，諸如，「這是妳要離開的喔、是妳要分手的喔、不要怪到我這裡來喔⋯⋯」聽著聽著，將最後一項物品塞進袋中時我已氣得發抖，並脫口將懷孕之事盤出，然後心灰意冷地告知，孩子若留得住也無須他負責。

「我終究是一個人的命。」他說。於是，我心軟了（我終究是個渴望愛的女人），將一件一件的衣服、物品放回原位。接續幾日，他未曾和我溝通的表示。我仍舊遲疑著，鎮日鎮日地想，沒有男人，有孩子陪伴，也很好呀；如果他不賭博，不花心了，就讓孩子跟著他的姓，給他個後代，也沒關係，但孩子勢必得在我身邊，由我教養。

夏靖媛

三十二歲開始鍾情文學。二零一七年獲打狗鳳邑文學獎小說優選獎。有小品文散見於中華副刊、人間福報。今年四十二歲，仍然喜愛文學。

猶記他初初追求我時，狀況看似是我處在低谷期，然而，我並沒有想找個依靠的意念。好幾個朋友極為樂意為他充當媒人，不停地製造搓合我倆相處的機會。我亦日漸被他經常營造出的殷勤行為所打動。聊天時，他透露正在尋覓餘生安定的關係，希望被知愛、惜愛，而我漸漸地當真，想著我們之間年齡恰好適配，但亦心知自己重感情，不能輕易談愛。在我的觀念裡，愛並不完美，造成幸福感的兩個人。可是真正使我決定展開自己，投入與他之間的戀情，絕大部分的原因即是常聽到他呢喃般地說，「我是不是一個人的命呢。」……想來想去，我還是放不下和他一天過一天的感情。

我開始出現噁心的現象。陽光普照時，我猶豫是否前往醫院，詢問長期為我看婦產診的女醫師的意見，詳細檢查一番？出門前卻退縮，感到難以面對，寶寶健全抑或不健全，被這想法逼迫著，於是勸慰自己天氣太熱別出門。直到陰天時遂又找出另一個藉口逃避，如此地一天過一天。

一日，他提前返來，坐在書房，有話講的樣子。我高興地告訴他，「你改不了，就自由自在地去做自己吧，別當爸爸，養個孩子我自己應該可以。」但，又是一雙冷漠的眼睛，他說，他大嫂講過，如果胚胎不算健康，要處理就要儘早、盡快。

我能確定自己由此感到恨。過不了一週，我肚子開始有點犯疼，有天傍晚忍不住，撥了電話給他，在忙，陪女業主挑選居家建材。何時回來？答案是不知道。於是，我想了許久，還要繼續下去嗎？肚子裡的真要留下來嗎？天全黑了，終於，心一橫，咬緊牙，起身，決定到附近的婦產科去。

沉默時分，我回想起他大嫂前幾日似乎是特地回來晚飯。我在廚房裡備料，她走進來與我寒暄，顯得格外親切，她提起自己已逝的丈夫，彷彿掏心一般地說道：如果重來一遍，她可能不會選擇嫁給他，因為他們家的男人都很大男人主義，且幼稚到無法下正確的決定，包括她公公也是這樣呢……。我一邊洗菜、切菜，邊聽著她的心事，略微感傷。然她話鋒一轉，開始向我勸誡，該輕鬆舒服過生活才對，她小叔愛好自由，妳怎麼不去交朋友，或再找個相處舒服的男人在一起……。我心一緊，雙手牢抓椅子兩側扶手，問道，是他請他大嫂來勸我們分手的嗎？我切實地看見閃躲的眼神，而他卻說，他並沒有這麼做。

我的眼睛沒有透露濕氣，心裏倒疼得要死，且感到徹骨的寒意。這算什麼？想這樣問，沒問出口，僅回以：你們知道這是我的身體嗎？未等回應，抬頭正眼視之，他的眼神閃閃爍爍，我沉默往窗外看，因為他大嫂在醫院任職護理師，當然會問她。我沉默往窗外看，日光老是穿不過牆，透不進這間書房裡那一小扇窗。

邊界、夢與現實——趨近的命題

我想起溫德斯的〈慾望之翼〉，這或許能為我開啟一個較好的引子。凝視。在這部黑白膠卷為主軸的電影中，天使的視野令人深感湧動，關於內心思索的，溫溫潤潤，儘管作為旁觀然而在與世界（尤其是人）介於相近和分離之間有著朦朧的曖昧地帶。當天使俯視，並與他所關注的人們具有一段距離時，他（一個透明且輕盈的載體）形成了思緒的容器，人們腦海中徘徊不斷的語言、詞彙在此刻成為他的探索。「凝視」藉由保持距離而形成反饋，屬於意念上的遙望，我著迷它的變形與領略，它意旨分辨出此與彼的概念，而從此與彼，我們理解「我」與他者的關係。

詩而言，這種凝視有時容易被遺忘，不可否認地在書寫過程中通常是集中於自身，由自身轉向抒發，或也有從完全他人的方向折射回來的角度。從大量詩作中我們並不乏這類閱讀經驗。然而保持寫作的距離又是什麼？藉宋明理學中談及性情關係（已發與未發），則在顯現狀態和潛在狀態的過渡之中，如拉弓而繃緊弦的持秉時便是事物最富含張力的瞬間。未發以性，已發為情，而其間又可以指稱為何正是耐人尋味處；透過維持凝視而保留自身，與他者的連結所產生種種，若在兩者間隙，為了使彼此互有共情，或許在動靜之間我們可以視為現象（phenomenon）本身。在私的詩觀中，捕捉現象即為捕捉時間。這裡的時間強調了主體經驗的敞開性，除了本身之外，也容納他人的進入，每一次捕捉也是嘗試勾勒待以名之的

東西。這類型的詩著重於物的邊界、不那麼銳利的交融。然而朦朧不止朦朧，意即在印象裡尋找更加深邃的事物，別於精確，它必須隨物象變遷而使印象有所流動，關乎直觀（intuition），經驗的敞開性在此將解構的同時也是一體兩面的重構。因此，保持距離的寫作亦是有自我意識的寫作。

Gary Snyder 的詩保留了這樣意識的空間。在〈松樹冠〉一詩裡藉由物景推移：「藍色的夜裡／霜霧，天空上／月亮發光／松樹冠／雪藍色地彎曲／入天空，霜，星光／靴子的吱嘎聲。／兔跡，鹿跡，／我們知道什麼。（董繼平譯）」，最後的叩問回到這短暫視界的狀態，形成恆常的提問，而這提問正是使事物本質脫然而出的關鍵。作曲家馬勒（Gustav Mahler）曾經說過交響樂應該包括整個世界（a symphony must be like the world, it must embrace everything），我想詩也適用這範疇裡或隱然於其中：回溯時間，能夠構想到創造、死亡與復活，這些事物揉和在龐大時間之外還有什麼仍存在？在時間之外自身，從被孕育的生命覺察到時間，塔可夫斯基在《雕刻時光》寫道：「畢竟，唯有和現實裡世界正面接觸，構思才擁有生

柏森

一九九九年，修讀哲學。喜愛馬勒。詩作各散。出版詩集《灰矮星》（逗點，二〇一九）。詩集《原光》曾入圍周夢蝶詩獎，獲二〇二四年楊牧詩獎。

forest.lin.0329　　@forestwrite

我們可以有數以百萬計的疑問，什麼是真實，什麼是生命的擁有——諸如於此，時間作用在我們身上的，不過是確立一介存在的情感——當越發趨近他者，本真就變得略顯清晰，儘管那可能只屬於私人的經驗獲得。前述提及的「凝視」在此就突顯出重要性。

可以是在人與人的互動和展現，通俗地，關係就是最輕易可見的變化。書寫，最終是朝向有機體的生長與發生，它關切雜多，我以為詩是流態而非空泛的設想，這句話並不空穴來風，詩依傍生命，經驗是所有所有的基礎，思想的經驗、行動的經驗，它都將我們朝向一極為龐大的未知，時間，正是飽和著曖昧的細節與意念。

因而書寫意味了邊界的拓展與觸碰，感知（則官能的一切）傳遞著心靈的指涉，有時，觀看之事物不在於眼前的事物，隱藏身後的有屬於各物的灰階，我總認為，灰階是構成世界（cosmo）的重要組成，它代表選擇的豐滿和餘地，促使我們保持在已知和未知狀態裡從容、遊走。回到連結性，灰階也

之間（Inter, among, In between）

時間與空間劃出了我們彼此的「之間」，在特定的時空座標下，我們透過記憶與文化來標記那一個瞬間。然而這些看似相異的「座標時」，卻在我們已知未知的情境之下，總會因作者相合的「共時性」，有時這種連結甚至顯著到放在異文化之間也很有共鳴。今年看了三部跨文化改編的作品，也可以觀察到這樣的現象。

第一部是 Netflix 推出的台灣影集《模仿犯》，原著是日本作家宮部美幸的同名社會推理小說，在1990年代日本遭逢了一連串的恐怖社會事件，像是奧姆真理教毒氣事件等，促使作者以此為主題寫出了這部巨作。在不同的時空背景之下，人類社會卻有可能同樣產生「無緣無故發生的惡、純粹的惡意」，引發駭人聽聞的犯罪行為。曾有兩次影視改編的《模仿犯》為台灣的版本，加入了1990年代的掃黑行動背景、媒體改為互動式發展，為了搶收視率開始發生一些脫序的狀況。日、台兩邊社會面對無法預知的恐懼，即使人物不同、方式不同，在追查真相與對抗絕對的惡，決心卻是相同的。尤其是因應原著之中記者角色而新增的主播姚雅慈，不僅和現實中正義感十足的張雅琴主播很相似，更成功撐起了原著「以女性之姿，還以對著女性之惡」的重要角色。

第二部是日本「彩之國藝術劇場」所推出的舞台劇《約翰王》，是莎士比亞劇改編而成的音樂劇。當時看到這個故事只覺得很有趣，雖然各國的劇場界必定都會演出文豪莎翁的知名劇目，像台灣誕生的「莎士比亞的妹妹們」劇團，除了固定會演出莎翁的經典作品。然而《約翰王》這部大家不太熟悉的劇，其實是莎翁早期的歷史劇，敘述英國史上被認為最糟的「失地王」約翰的故事。也許在這段歷史相近的年代，票房會賣座，但時隔久遠之後，這部劇常被視為是莎士比亞最難演出也最沒有票房的戲碼。雖然大部分情節都是真實歷史改

編，背景在英法戰爭與十字軍東征之間，與法國爭奪王位進行的戰爭、與羅馬教廷的衝突，但如同許多歷史劇，總會因作者的視角而產生不同的詮釋。而本劇觀點似乎隨著時間過去，漸漸不再收到歡迎。

日本長年都有「大河劇」的傳統，改編歷史當然沒什麼問題，但重竟是英國的歷史，在還沒觀劇前總覺得不如英語系國家的劇團演出到位（例如：加拿大 Stratford Festival 的英文版本）。想不到實際看劇時，居然對這個故事產生共鳴！美術設計方面，儘管保留了英法風格，日文版本改編得非常有日本味，可以看見能劇、歌舞伎、演劇的影子。對於年代久遠這這個問題，日本版很巧妙地將劇中的虛構人物「私生子菲力浦」打扮得很像現代穿越到中世紀的嬉皮小子，一開始還有許多觀眾以為他是上台拍照的工作人員。這樣的設定讓觀眾進入了這個情境視角，很快就帶著觀眾融入這個環境，就像他的台詞所說：「可是這樣才是上流社會，適合於像我自己這樣向上約翰王封了騎士之後，他越來越融入這個環境，就像他的台詞所說：「可是這樣才是上流社會，適合於像我自己這樣向上的精神；因為誰才是不懂得適應潮流，他就是一個時代的私生子。我正是一個私生子，不管我適應得好不好。」

日文版有另一項比英文版好看的是：除了一些加強情緒的篇章改編成歌曲，武打戲也比英文版多很多。這點恰好很適合聽不懂日文的我，雖然事前看過中英文劇本，大致知道故事走向，但大部分還是得用猜的。而音樂和肢體動作大幅提升了我對劇情的了解和共感。這齣劇還有一個微妙的地方，除了第三幕以外都是由私生子的獨白作結。最終段台詞到現代也很貼切：「我們的英格蘭從來不曾，也永遠不會屈服在一個征服者的驕傲足前，除非它先自己的手傷害自己。只要英格蘭對它自己盡忠，天大的災禍都不能震撼我們的心胸。」結尾還有改編的彩蛋，將原本莎劇驟然結束的節奏做了餘韻。這段

紀羽綾

繁忙城市中的慢活一族，喜好嘗鮮的古早味靈魂，最大的興趣是聽故事與說故事，最愛的幸福是旅途中遇見美好。著有《林投記》《縱谷之歌》《白蛇情緣》。

第三部是日本電影公司特別遠赴法國拍攝外景的《岸邊露伴在羅浮》，這個作品特別之處在於以漫畫改編，最初是由原畫家荒木飛呂彥參加羅浮宮的特別企劃──「當羅浮宮遇見漫畫BD Louvre」，除了是荒木的第一本全彩作品以外，也出了法文的單行本。由於岸邊露伴這個角色有點像是畫家荒木的分身，每次出現都可以帶給讀者不同於其他角色的想像。影視化後，更可以看到不同媒體之間各異其趣卻又十分契合的巧妙之處。在看電影前我已經看過同系列的電視劇集《岸邊露伴一動也不動》，原著粉絲或許會覺得演員們和漫畫描繪的角色風格比較不同，但演員維持部分原設定並加入自身特色的方式，讓觀眾享受原著故事的機會。看這部電影前我也想過以不同調性享受原著故事的機會。看這部電影前我也想過以不同調性享受原著故事的機會。看這部電影前我也想過以不同調性享受原著故事的機會。結果出乎預料的是，導演藉由調查一幅畫的背景，牽起法國與日本的畫家之間的橋梁。雖然有些訝異從預期中逛博物館的美不勝收跳入淒美的鬼片（？）情節，但後段帶入日本風格的故事更加深了我對這部電影的喜愛。

看了這三部作品，在各種相似與相異之間感受到逐漸調和的共時性，或許時間和空間並不是隔開我們彼此的距離，而是讓我們像交響樂團中發聲不同的樂器，終究會透過調頻和交流共譜一首一期一會的歌曲。而這樣的旋律，將再次融入我們的記憶與文化中，成為我們共享的豐盛之歌。

迷宮

攤開港鐵的地圖，肥橘才發現回來火柴盒的日子已經二十多了。港鐵地圖上那些綫路就像五顏六色的蛇，乍看之下，你以為除了粵語名字以外並無太大的差異；其實形狀的大小如列寧和史達林毫無顧忌的佇立正中央；再走進一些，一擡頭便是賈西亞‧馬奎斯，或許是孤寂的緣故，他站得特別高。我從來都沒能夠在他筆下的魔幻主義，發現該如何解決人生的問題；反而時刻提醒自己是一隻貓，還是和橘子長得一個樣的一隻貓。貫穿腸子從內到外，極其複雜。話說回來，粵語名字還是廣東白話唸得比較好聽例如：「旺角擔Fit人」。每一條蛇身體上的小點都有可能是肥橘會抵達的目的，只不過是他獨自一人的角色進入迷宮劇場。

07032019 從早到晚 雨

一隻白綠大鳥降落地面，坐我隔壁的西裝男把小窗遮光板移上。有幾根粉絲透透地黏在窗，竟然下起雨來。人不帶傘下不雨。我和西裝男一樣，準備先讓其他乘客離開再動身。聊天中，西裝男表示這一趟純粹是BT，為星期天的Formula E賽前開會。我也是BT，不過是慶生。生日快樂。謝謝。離開飛機，大家各自前行。我並非第一次來香港過生日，只是今年比往年冷。從機場快綫接駁到港鐵九龍站再轉西九龍站，比想像中快。抵達了先前預定的住宿，沒有衣櫥的，唯有將行李擺放鞋架旁。然後爬上床拉開窗簾，往上看，始終看不到頂。對面屋晾曬的內衣褲被風吹得像似在招魂。印象中，在年初的時候，有一名男子從文苑樓（佐敦渡船角）樓頂天臺縱身一躍，消防救生氣墊來不及打開，當場死亡。我額頭緊貼窗望著下面這條街道，覺得它比去年住在半山堅道的馬路寬。

下午的雨越刮越大，我在樓下的雜貨鋪買了一把黑色的摺疊傘，足以兩個成年人遮頂。一撐開，便是一片漆黑的天空。人頭洶湧，過交通燈時，傘和傘互相交錯對撞。如果上帝看下來，該會是如何美妙的會動的一幅畫。我步行到佐敦港鐵站乘搭金鐘站，再轉綫至炮台山。森記圖書室，匿藏在一棟老式大廈的地下室。第一眼引入眼簾的劉曉波照片，踏入森記時候，他就在你身旁。但你是無法救他的。室內圖書幾乎在書架上滿寫，低下頭，腳邊有三隻睡得很香的貓，貓隔壁有個小倉庫，都是貓糧。我在書屋裡轉了一圈，相信把一本張愛玲帶走。臨走前，店員說整間店總共二十多隻貓。老闆習慣豢養牲命。看見牠們，便叫我想起還未化身為人的原型。喵～，低聲一叫，所有醒著的貓都惺忪地睜開眼，豎起耳朵睜大滾圓的眼珠望向我。你是誰？

銅鑼灣 Café Corridor

走出港鐵站，沒有一個路人知道這家咖啡館。我開著GPS，一直走，直到紅點標誌停止在跟前，還是找不著咖啡館。我左右上下來回兜了好幾圈，原來它坐落在一條瘦瘦的巷子裡。Café Corridor 彷彿縮進一條大象的鼻子裡面。今晚讀書會圍談的電影《大象席地而坐》，這是胡波小說集《大裂》裡的短篇之一。這一部長達四個小時的影片，我是在斷斷續續中看完。

聽著在場創作人和觀眾相互表達，甚至導演分析電影長遠鏡頭的焦距。忽然之間，咖啡館漸漸被人群擠壓，前門到後門找不到一絲縫隙。我開始把自己搞混，把賈樟柯的《小武》和胡波《大象席地而坐》拼湊一塊。我是靠近赤道八○年代的生物。我根本自私，小時候亂咬人腳趾、不遵守吃飯規則、犯貓規；人類父母甚至老師可能也一樣，只是不能說出來。人只有在絕望時候才發現希望的，道德教育這一門課純粹讓考試加

歐筱佩

居獅城，偶爾投稿偶獲發表。曾獲香港青年文學獎、新加坡金筆獎、馬來西亞嘉應散文獎等等。著有詩集《鰭隙》（2022）。最美的事：在某個晨霧中撫摸過一隻馬來貘的屁屁。

f zenytho.aw

02022019 下午 晴
火柴盒裡面的讀者

肥橘在火柴盒裡面閱讀艾略特逗貓而寫的詩作《貓就是這樣》。他心想，這壓根兒就不是童話，因為貓不分男女老少，都一樣是地上最高貴的惡魔。「請一定要小心貓這種生物，這本書所說的，才是牠的真面目！」切，肥橘不屑地捲起他的尾巴翹到下巴摩擦。他十分明白貓的驕傲來自人類的無知。倘若人類溫柔又醒目的與貓共處，貓們通常都會讓人類一夜好夢，包括保守你的祕密。而對於給貓改名字，人類卻相當熱衷。肥橘以前是沒什麼好介懷，反正人海茫茫肯定雷同撞名的。就好像肥橘的名字，就讓人喊過牠「豬崽」；被闇割之後，又有人稱牠「小瓜子」。至於「肥橘」是他給自己取的名字。

肥橘在完全變成人之後，已經不太到懂得如何跟貓打交道。他沒有辦法用頭蹭貓的肚腩，更加不可能嚙咬貓的耳朵。就好像人類撩貓的玩具跟著潮流快快地消失，新奇的事物永遠不新奇。肥橘開始感受到附近的貓們對他抱有一種偏見：一個不知所謂的人。

10032019 下午 陣雨
尖沙咀，香港文化中心劇場。演出團體：Dead Centre

《契訶夫處女作》應該沒有人曉得這部作品的名字，因為沒有被命名。作品的男主角普托諾夫是一名鄉村的老師，與村內的多個異性關係曖昧複雜，最後也因其他種種原因，被公認為是

低一無是處的人。這是一齣不惜話如作能演，卻又不得不演的人生。契訶夫死後，所有重新演繹此劇的劇團，一律命名為《普托諾夫》。

觀眾入席，佩戴座位上的耳機，聆聽導演的旁述和演員的對白。舞臺燈光亮起，觀眾的眼睛耳朵同時連上，聲音遞送的訊息倍增，投入每個不屬於自己時代的角色。彼此相信自己與現場的表演在互動。普托諾夫在這裡是一個多餘的化身，他從未現身，卻又不斷從其他人的思想和嘴巴裡存活著；所有寂寞、憂傷、紛爭、權力、情慾都因普托諾夫這個名字隨形而上。

直到最後一切瓦解崩塌的時候，演員從觀眾席上找了一個普托諾夫登台。他不需要講話，無措的肢體語言、尷尬茫然的笑容，這一切頓時變得都是對的。大家都嚮往自由，但是自由是什麼？其實沒有任何東西值得拚了命去堅持，鍾愛研究意義的人其實不過是意義缺失的人。沒有必然站在意義上活著（並非每個人都能夠自動好好地過日子），也沒有理所當然的死亡。

還有，有個荒謬的體驗。全場只有一個虛席，在我左手邊。那個座位也是我的，入場時候也在估摸著要坐2號還是3號位。「一塊肥皂」因為突然之間對我感覺崩塌而選擇失約。我一個人觀賞兩個人的一齣戲，是酸的是苦的，連我自己都搞不清楚。

22022019 傍晚到夜晚 無雨無語
濱海藝術中心，The ExciseMan Whisky Bar
演出團體：避難階段

《四四八》啟動了1999年2月份原創者薩拉凱恩的劇作《4.48精神崩潰》，不過演出一週後並沒有自殺身亡的新聞。這一場《四四八》不是人與人共處一室的劇場，是全民性解放，每個獨立個體是屬於自己的空間享受自己的角色，抑或觀

之間｜專題書寫

察他人。觀眾不再是劇院上的配件。我領取門票後，依照指示截圖上傳電郵發送給導演，就拉開了《四四八》的帷幕。

「避難階段」源於日文中「緊急樓梯」的概念，藝術總監劉曉義說：「在這樣一個都市裡做劇場，無非是一種逃亡？逃亡並非逃避，逃亡是做一次靈魂的旅行，是一種自救，更可能是一種革命。只有這樣，劇場創作就不只是一部的產品，它帶我們去另外的地方，去新的境界。」

這是我第二次來濱海藝術中心。搭著手扶梯上2樓，出示門票換了一本黑書加一支筆。工作人員示意依照書裡的指示和方向實踐劇場。傍晚6點左右，便開始了一段漫長的沉默。

18022019 凌晨 4 點 48 分　雨停

肥橘的豬郵箱接收到一個稱為喵·略特的電郵。喵·略特寫給肥橘的一封信，他告訴我他在下山的時候，看見一頭老虎，其實不是在夢裡面。醒過來後他跑去浴室，浴室遍地都是水。他看得不是很清楚，那些不是水，是夜裡會發黴的月光。喵。喵·略特返回睡床才意識到一切只不過是一場演出。演出結束後，喵·略特想要外出抽根煙。當他把門打開，發現自己在山上。

呵⋯⋯肥橘打了個呵欠，準備睡覺。深呼吸，咦！他抽動了一下鼻翼，沿著一股熟悉的味道，略特寫給肥橘的一封信纏綿，貓公騎跨上母貓，牙齒輕咬著母貓後頸肉，彼此配合出更適合的性愛姿勢。貓公的前腳和後腿撐在母貓的身體兩側，再慢慢地使用後腿踩踏其腹部，就好像人類騎腳踏車一樣。貓公的這一系列動作是會刺激到母貓更加興奮，誘導排卵。

22022019 傍晚到夜晚　很乾
濱海藝術中心，The ExciseMan Whisky Bar
演出團體：避難階段

我不依據黑書上選擇的地點踏上旅途，前往濱海灣畔，我卻上了天台。No Smoking 的範圍就在 Smoking area 友鄰，無法隔絕的存在。天臺出奇大地的寬容，有人陪著玩便街道上來往的車輛和人和樹。首次好奇大地的寬容，不想跳樓也會不斷地移動。天空好近。花了些時間，觀察自己，在黑書的空白頁上，我填寫了：歸還光線。

導演在書上赤裸的剖析現在的過去、往昔的過去，鄉異鄉收集了多少故事，又收拾了多少心情。翻到最後一頁，封底前貼上需要援助的熱線號碼。毫不遲疑的撥打過去，三通都接不上線，想必當天演員陣容太過於龐大。一劃，墨汁已不再飽滿。求助熱線依然無法接通：18XX-XXX-4444。

再過兩年半，我呆在這塊土地的時間就和出生到成長的起點一樣長。書寫是一種證據，狹隘的我翻開文字真的就只能描繪記憶。而這裡呢？這裡要記錄些什麼？除了幾年開始認真對待創作與外在世界，如今發現自己都不懂什麼是愛戀。從以前就有的幾個工作單位和出租房間，如今多出了紫黃藍棕色，目前已纏繞了整塊獅身魚尾線，如今多出了紫黃藍棕色，目前已纏繞了整塊獅身魚尾的地鐵紅青。換過

就像薛西佛斯重複每一天推石頭上山，然後再看石頭滾下山，我絕對少了他的勇敢、耐力、狡猾。薛西佛斯是被懲罰的（他不假裝相信自由高尚），就是冒犯自己。我在漫無目的的人間懲罰自己，某個程度是一種缺少文化修養的弊病。哥哥說，人世間不需要任何事情分得太清楚，以免自作孽。所以，我們請想像薛西佛斯是快樂的，畢竟他是自作孽。

我用演出的票根在酒吧檯兌換一杯英文字母很長的蘇格蘭威士忌。坐在角落一隅，仿佛在為演出避難，儘管還沒結束。某些事情開始了就不要回頭。做一隻貓的時候最受得住寂寞，做一個人之後最奢望的則是單獨。

01042019　雨
貓的愚人時光

《四四八》演出當晚，她一直都在我身邊。這一次我們角色對調，整個過程是我在凝視她。日常已經那麼累，為何還要去掩飾口是心非的事實。這個是創作效果嗎？如果一切這般藝術，是否彼此藝術得太難受了。

我真心覺得，她是一塊很憂鬱的肥皂。終於，我選擇投降。過後我一再回想，為自己在大年除夕，對她電話裏頭講的一句話而嘆息。從此，我再沒有聽到她嘰裡呱啦的聲音；從此她住進《四四八》和《契訶夫處女作》的入場券，我成了觀眾。

輯參:詩的跨域 X 駐版合作

Podcast / 到站提示音

微電影 / 身體 x 詩 x 微影

書法 / 詩之毫釐

建築美學 / 近而不達

詩展 / YIPING：不存在的詩展

訪談 / 一杯酒的時間

到站提示音 @漫漁

詩的跨域 × 駐版合作

──Podcast：到站提示音

【到站提示音】是詩人漫漁於 2022 年 4 月成立的 podcast 節目。這是一列輕鬆聽文學的慢車，詩人漫漁和你聊詩寫藝術，聊生活，聊一些看得到，或還沒看到的人生風景。隨興所致，在某個站下車，放下包袱，喝杯咖啡，給自己一個「pause」的藉口，準備好了，再上車「resume」，繼續前往下一站。

節目定期更新，其它單集內容請到到站提示音收聽。

節目主持人簡介：

漫漁

眷村小孩，流浪過，斜槓的寫作人／語文教師／文創小農／貓奴。
文學獎紀錄：台灣詩學散文詩獎、時報文學獎台中文學獎、乾坤詩獎、星雲文學獎、金車新詩獎。詩作入選《2022 臺灣詩選》。出版詩集《剪風的聲音》（秀威，2022）、《夢的截圖》（聯合文學，2023）。臺灣野薑花詩社、台灣詩學成員，《乾坤詩刊》編輯。

到站提示音 X 炷RaPoetry

Issue04「地」主題

【炷 Ra Poetry】第四期主題是「地」。主持人漫漁和香港新生代優質詩人李文靜，把訪談現場拉到香港尖東的凱悅酒店，一邊晚餐一邊談詩、談對土地的情感，並且朗誦詩刊中兩首新詩〈後花園〉以及〈溝仔尾〉。

Issue05「空」主題

【炷 Ra Poetry】電子詩刊的第一本紙本年刊誕生了！本集到站提示音節目中，主持人漫漁和炷主編紅紅談年刊編輯的理念和製作路程；同集加演炷第五期主題「空」的出刊。

Issue06「之間」主題

【炷 Ra Poetry】第六期主題是「之間」。主持人漫漁在台北天母和主編紅紅隨談、讀詩、玩貓，並且預告炷的新單元【一杯酒的時間】。

微電影：身體 X 詩 X 微影

自電子刊第四期起烀便於每一期所刊登的詩作中選出一首詩來製作拍攝微電影（由編審群票選，最後由導演選出其中一首）。一方面向讀者呈現烀詩人之詩作與影像、音樂、聲音的 crossover「共舞」，同時亦藉此鼓勵更多優秀的詩人繼續創作、投稿。

導演 / 影片製作人簡介：

劉寅生

1974 年生，劉寅生一直是個多領域的藝術家，曾在 2000 年於斯洛維尼亞獲得 Break21 獨立青年藝術節「特別獎」。他的藝術計劃運用裝置、投影、音樂創作、表演及行為藝術，且運用「自動繪畫」捕捉來自宇宙的不同訊息進而探討宗教、神秘學等領域。多年持續與台灣當代作曲家有緊密的影像／表演的合作。曾受邀於韓國、中國、塞爾維亞 … 等地的行為藝術節，2020 年起因全球疫情，也積極參與國際線上行為與影片發表。

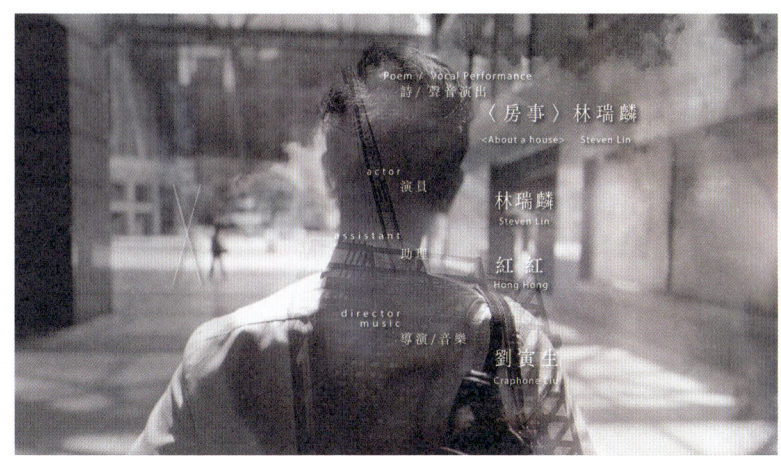

037

〈房事〉林瑞麟
<About a house> Steven Lin

Poem / Vocal Performance
詩／聲音演出

actor 演員
林瑞麟
Steven Lin

assistant 助理
紅紅
Hong Hong

director / music 導演／音樂
劉寅生
Craphone Liu

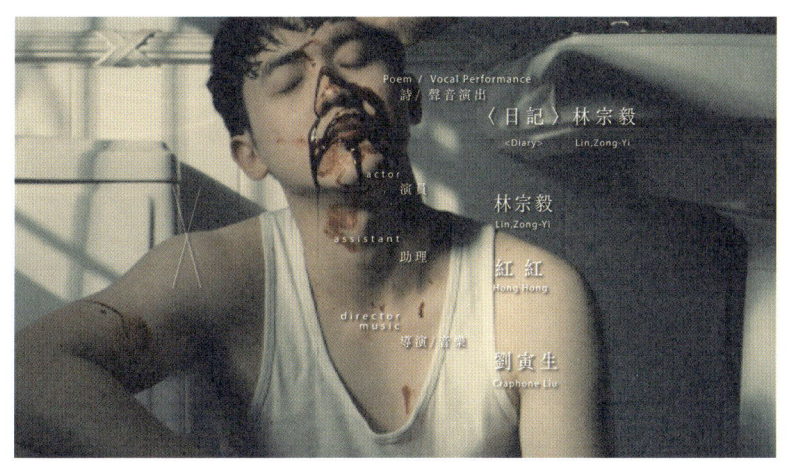

〈日記〉林宗毅
<Diary> Lin,Zong-Yi

Poem / Vocal Performance
詩／聲音演出

actor 演員
林宗毅
Lin,Zong-Yi

assistant 助理
紅紅
Hong Hong

director / music 導演／音樂
劉寅生
Craphone Liu

〈在兩場颱風之間〉李曼旎
<Between two typhoons> Margaret Lee

Poem 詩

actor / Vocal Performance 演員／聲音演出
林子颺
Sofia Lin

assistant 助理
紅紅
Hong Hong

director / music / Guest Appearance 導演／音樂／特別客串
劉寅生
Craphone Liu

詩之毫釐

書法X現代詩

——書法：詩之毫釐

當書法跨界現代詩,會有什麼樣的表現?

烌很榮幸邀請到書法家吳國豪老師駐版烌,由他於每期選出一首主題詩作來揮毫創作,烌並會在紙本年刊出刊時將吳教授慷慨結緣的實體書法作品寄贈給作者。

書法家簡介:

吳國豪

文化大學史學博士,紐約大都會博物館亞洲部高級訪問學者
現任:何創時書法基金會主任研究員 / 董事、華梵大學美術研究所兼任助理教授
專長:明史、藝術史研究、策展、書法創作

地磁效應　無花

我們談論天空　確認織女是座位置不明死物
你是發生意外的小厌人
我們接著談論土壤　地下水污染　各類蟲害
你是噴灑在我身上的農藥
擁抱接吻　五指交扣心頭那隻埃及貓
每日寵你所需支付的基本消費
愛與恨鎖在地球兩極
積存相吸相斥的磁力
若旁人不是太陽風　我們既不是
危險的高能粒子
磁暴發生時我們亦不是
彼此的天象　命忘的物理學家
信我讓愛永居高緯度區域
讓後人嫉妒成一道炫目極光

西元二千零二十三年三月二十七日　國豪抄

Issue04「地」主題

由駐版書法家吳國豪老師選出本期收錄的詩作：無花〈地磁效應〉，並以小字體的楷行書在 30 x 30 平方公分的泥金畫仙板上創作。

詩之毫釐

III 詩的跨域 × 駐版合作

風過　Chamonix Lin

耐心等候深化与雕琢
但持續豢負激情

靈魂層昇为星座
但日常生活用鐵絲串接

潑點荒涼
才能調配理智之味

他將默禱浸入寧靜
押注共時性
遣虛妄儀式令疑睛徒習氣

但雙生之子
終究是不落地的楓
風過　留下赭紅色虛空

二零二三年八月十日
吳國豪手抄

Issue05「空」主題

由駐版書法家吳國豪老師選出本期收錄的詩作：chamonix lin〈風過〉，並以行楷在寫意的特殊宣紙上創作。

倒錯

月見子

那人與水接觸的界限是地平線
游泳與洗澡之間
渴望冬泳的他選擇逃避
自由的蝶俯鼓著身子背對著的青蛙
冰冷的回憶刺痛著他的身體
呼吸之間要存在間隙
吸氣然後吐生要配合動作
疼痛是道德規範不容許接受的事物我必須地一定需循序漸進接納
後來冬天的熱水澡讓他學會了轉譯
哪怕在水中流的淚也是溫暖的
到一座陌生的城市冬泳
最後才終於去熱水澡

二零二三年冬辰 吳國豪 抄

Issue06「之間」主題

由駐版書法家吳國豪老師選出本期收錄的詩作：月見子〈倒錯〉，並以行書在質感古意的特殊宣紙上創作。

近而不達

建築美學 X 現代詩

IV 詩的跨域 X 駐版合作

──建築美學：近而不達

建築美學如何應用在詩歌的寫作或欣賞？煐很榮幸邀請到在這兩個領域都專精的不清駐版煐，針對每一期的主題跟我們談談建築空間與詩歌之間的互譯或延伸。

專欄作家簡介：

不清（bq）
生於香港，加拿大詩人，建築設計師
創作現代詩歌廿多年，曾獲港台詩歌獎項數個
著有詩集《冊二排詩》，近年研究如何翻譯詩歌成建築空間

近而不達

寫詩廿多年，同時也從事建築設計這門工作廿多年。這兩門藝術——現代詩與建築設計——看似風馬牛不相及，但其實千絲萬縷，密不可分。甚至我會說，所有成功藝術的表達，不論是繪畫、雕刻、小說、電影、音樂、建築等，其本質，又或者其呈現的方法是一致的，我稱這呈現方法為「近而不達」。這期《烰》Ra Poetry專題探討「地」，而建築本來就是「地」的延伸，所以我希望藉這個平台，簡單的談談建築空間與詩相類似的地方。

準備這筆記之時人工智能程式ChatGPT成為熱點，因此我也來湊湊熱鬧，問問它「近而不達」的定義。它不到一秒便提供了這樣一個答案：「這個成語用來形容一些本應該可以達成的目標，但因為種種原因卻無法實現的情況，也可以用來描述人與人之間本來應該可以很近很親近，但因為種種原因卻無法建立關係的情況。」但與其說「近而不達」這個概念代表一種純粹是人與人之間無法建立的關係，我覺得它也能夠是一種物與物之間若即若離的關係，一種未能如願以償的遺憾狀態，藝術作品成功與否的秘訣。也許它跟傳統美學提到的「留白」是相近的，可是又不完全相同。

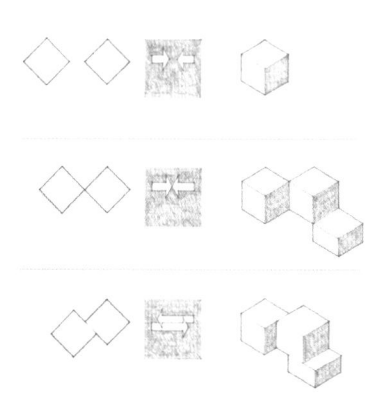

造型與造型的遠近 (圖來自 Francis D.K.Ching, "Architecture: Form, Space, and Order")

在建築設計的範疇裡，我們經常談及「造型」(form) 這元素，簡單說，其實就是一個立體。在設計的過程中，設計師需要特別注意造型與造型之間「空間」(space) 的呈現。再簡單一點說，就是牆壁與牆壁之間空間能給予使用者怎麼樣的情緒和功能。當牆壁與牆壁之間的距離過遠，空間感便會消失；相反，當距離過分接近到連一隻小動物也幾乎無法通過，其空間感會變得咄咄逼人，令使用者不知所措。因此，優秀的設計師所創造的空間，往往需要做到適可而止，恰到好處，近而不達。也許，我們可以稱之為「張力」(tension)。

舉一個簡單的反面例子：位於阿根廷首都布宜諾斯艾利斯市的「九月七日大道」被譽為是世界最寬的公路。它擁有非比尋常的十八條車道和一百四十八米的寬度，它的寬度比一個足球場的長度還要長一點點，而這刻讓我們想像置身於這公路的中央，公路兩旁的大廈距離我們甚遠，我們失去方向感，焦躁無援，不知道應往東還是往西走才能夠回到符合「人的尺度」(human scale) 的小社區。情況就像白靈先生在其《一首詩的誘惑》一書中提到的所謂「淺入淺出」的詩歌呈現方式。他所舉的例子〈杜鵑〉裡面有這樣的詩句：「春神的腳步／總是輕輕的／姍姍的／多情的杜鵑／難耐等待／竟然以血淚／染血了半個花城／讓賞花等人兒／先品嘗一點詩兒」。白靈先生說這首作品不是一首好詩，批評它內容以及其所用到的典故了無新意，整首詩所採用的意象空洞非常。其實情況跟置身於這條公路中央的感受是一致的，讀者缺乏方向感，失去前行的意欲。

那麼牆壁與牆壁之間要有怎麼樣的距離才算是合適的呢？還記得《印第安納瓊斯(Indiana Jones)》電影系列中的《聖戰奇兵》嗎？電影中有一幕講述印第安納騎著馬走進一條寬度不到三米的峽谷通道，他沿著這迂迴窄路前行，然後鏡頭一轉，遠方一座聖殿（即位於約旦古城佩特拉(Petra)）的中間位置突然出現於峽谷的兩堵牆之間，印第安納繼續前行直到遮蓋聖殿的面紗最終被完全脫下。現在我們試想想，如果這兩堵牆之間的距離過寬，路徑的迂迴感便無法被呈現，而印第安納在好遠的地方就能夠看見聖殿。這樣的佈置呆板十分，它沒有成功利用人類的好奇心以提升被隱藏的目的地所產生的神祕感。但話雖如此，不是所有三米寬的空間都是出色的，譬如在都市中大廈與大廈之間那些漆黑的骯髒的窄巷，它跟前面提及的九月七日大道同樣令人焦躁，令人失去前行的意欲。所以建築設計師需要思考和分析的是空間的主要用途，它究竟是一條走廊、客廳、廁所等，還是一個大禮堂、商廈中的會議室又或者機場的候機廳。不同類型的詩歌對牆壁與牆壁之間的距離有不同的要求，因此我們又不能一概而論的說窄的不一定好，而寬的也不一定完全失敗的空間。

IV 詩的跨域 × 駐版合作

通往位於約旦古城佩特拉(Petra)的峽道（圖來自作者）

所謂「近而不達」就是設計師與詩人所控制造型與造型之間的窄與寬。眼看一些詩作，它們大多採用了較寬的距離，讀者進入其空間不久，不用讀畢整首詩便能領略到作者的動機以及他們所希望表達的情感。這樣的作品淡而無味，而在閱讀的過程中，讀者亦找不到那種尋幽探勝的魅力。有些作者為了補償這過失，試圖以優雅的詞藻（白靈稱之為「以辭害意」）又或者帶點小聰明的亮句來粉飾牆壁的外觀，精雕細琢以吸引讀者的眼球，可惜他們忘記了詩意不是眼前的造型與牆壁而是遠方的聖殿。詩歌與建築物不單單是外觀的問題，它們所需要解決的一大難題是「流通」(circulation)，而這空間：不近，張力盡失；太近，無法通過。前者的詩，過度明朗，文字不是平平無奇，就是過分離琢以致造作非常；後者，讀者無法穿越，內容過分晦澀，這刻讀者只能夠透過牆與牆之間小小的縫隙窺看聖殿，可是距離又過分遙遠，最終什麼也感受不了。而「近而不達」就是遠和近之間的某一點，某種曖昧的狀態。

論空

我的腦袋是如此的空洞像
新建的房子等待鹽與糖
有序地遷入器皿。它們是下雨前的羊群而我
是一隻不用眠休的牧羊犬,模仿祖先
獵殺動物的機能與計算。我也是
一首由西蒙・譚・霍爾特[1]編寫的極簡[2]
鋼琴曲,不斷不斷重複以誘引緩慢的演進
有規律地像微風的手背掠過
沙漠的表層,掃走沙粒以便不久之後
目睹更多沙粒的紋理
而雨水在遠方的土地流淌計算年月──
我們都是依靠淚水成長的生物
於二十世紀中的都市爭名奪利儘管
自問未有放棄真與誠的我們並不敢坦率承認
又或者從沒有成功意識到這一點
空氣被徹底污染後穿梭於繁華的街巷
強壯但虛弱的苔蘚在磚牆頂處試圖
粉飾你的世界:你是和平的使者
不動槍炮就能夠換取世上珍貴的土地
以令世人愛你,以令草原上的
羊群忘記記憶的存在
一切回歸正常如一台開動於蒸汽龐克[3]時代的機器
未來是空空的,只有過去正在滿瀉
詩人約翰・阿什貝利[4]
曾在他的詩作〈情人〉[5]中這樣說:
「不同的組件永遠干擾著對方
充斥著對方,阻撓著對方,留下的──會是?
一種新的空靈感,或者它能潤澤出一種新鮮感
又或者不能。或者它僅僅是一種新的空靈」
我們逃逸,離開這裡只是為了讓
記憶能夠因此再次被蔑視而存放到更顯眼的地方
我們是一張張被掛在主廳前後的照片
忘記了成長的必要性仿佛努力不懈
這由來只是為了在眾多物事中被
偶爾記起。回憶是有沙進眼
有空回來看看我們好嗎?
要不然就把這裡的氣候弄壞一點

又或者幹點天災與人禍以令
我們重新記起你、敬畏你、愛你：
我依附在水面上的容貌，秋天的荷葉——
連同這首詩被送到劉景文6家裡
「荷盡已無擎雨蓋，菊殘猶有傲霜枝
一年好景君須記，正是橙黃橘綠時。」
而我又是空色之間這片透明玻璃的形態
一直處於這個四方的木框中監察
相中以往的體溫以及這刻當前的血液的流動
這是一場高低氣壓的演變
而我並不特別了解氣象圖的表達方法
一個個弧形圍繞著更多的弧形
呈現一種獨特的圈套
他們指出颱風正是這樣於高空被形成
而它來臨之前，我們需要確保鄰近的超級市場
被掏空，罐頭音樂需要塞滿播放清單
於有效期之前隨機被聆聽以便日後
被忘記
購物狂又一次成功把握時機
割引！割引！割引！
為什麼廚房總是放了這麼多
各式各樣被押上平韻的杯子可是又永遠是
空空的，它們極少時間涉及水
正如這位朝向玻璃窗的中年男士
失憶是在雲端裡整理檔案的時候無法有效回憶
他把「不斷」剪下來然後貼到紙張上
直到它們被組合成一種藝術層面的拼貼7
像這首詩，又像一座愛的遺址
虛空著只是為了讓你記起地上的
磚瓦，一片片不規則的成為天空底下的屋頂
然而雲朵並沒有同時被摘下來
潤澤你我唇角之間的空話

兩幅拼貼畫作品 /Max Ernst @ MoMA

註釋

1. 西蒙・譚・霍爾特（Simeon Ten Holt）是荷蘭極簡作曲家，以其作於 1976-99 年間的《頑固之歌》（Canto Ostinato）為著名。

2. 極簡音樂（minimal music）是始於上世紀 60 年代的實驗音樂，其特質強調和諧的和弦以及不斷重複，緩緩演變的小「動機」（motif）單位。有樂評家認為極簡音樂過分重複、空洞、無聊。

3. 蒸汽龐克（steampunk）流行於上世紀 80-90 年代的科幻作品，故事中的虛構世界充斥著對維多利亞時代蒸汽科技的景仰和懷舊情懷。

4. 約翰・阿什貝利（John Ashbery）為美國知名詩人，其作品以後現代風格的複雜和晦澀性所著名。有詩評者認為他的作品是欠缺主題、難以讀懂的垃圾。阿什貝利也是拼貼畫家和藝評人，他於 2017 年去世。

5. 取自詩作〈情人〉（Valentine）
The different parts are always meddling with each other,
Pestering each other, getting in each other's way, leaving — what?
A new kind of emptiness, maybe bathed in freshness,
Maybe not. Maybe just a new kind of emptiness.

6. 蘇軾有七言絕句〈贈劉景文〉

7. 拼貼畫（collage）據說由德國的包浩斯（Bauhaus）藝術學院的格羅佩斯（W Gropius）於 1919 年所提倡，其產生的感觀效果，令觀賞者費解的同時思考作品背後的意思。

後記：實際上，「空」並不是單純的什麼也沒有。阿什貝利在其詩作〈情人〉中指出，空是由「不同的組件永遠干擾著對方／充斥著對方，阻撓著對方」所產生的。情況大概有點像電影完畢的一刻，戲院的燈重新被亮起，主題音樂被播放，而銀幕緩緩地把片尾名單拉出來。故事終於圓滿結束了，觀眾從電影世界一下子回到現實世界。在這數秒鐘中，他們的腦袋仍然充斥著各個角色與故事情節，但是他們的心情是空虛的，直到完全回到現實為止。這境界有點像拼貼畫與極簡音樂對「空」的呈現，前者充斥著繁雜與瑣碎，後者則是一種重複的「簡而不空」的呢喃，當我們閉上眼睛和耳朵就能聽見與看見了。

述詩建築：翻譯約翰艾許伯瑞

有關詩與建築密切的聯繫，我們不禁聯想詩歌術語「詩節」(stanza)和「跨行」(enjambment)。前者源於意大利文，指的是數行詩所串成的詩節，原意是房間。而「跨行」則源於法文 enjamber 的轉化，意指跨步；刪去三個字母後成為 jambe，即是腿，再刪一個字母成為 jamb，即是門的側框。「跨行」不僅連接詩行，更重要它是連接意象的門道或路口，這個過渡的地方雖然短暫但又同時提供足夠的空間，讓詩意於換行前暫留，讓讀者想知道下一行詩作者要帶我們去那裡。這情況有點像在迷宮裡牆壁與牆壁之間走路，尋找著出口，尋求下一個契機。

概括而言，迷宮有兩種，英語中分別稱之為明陣(labyrinth)和迷宮(maze)。前者是通往中心的單一路徑，你只要一直向前行，便能夠到達位於中央的終點站。至於後者，這迷宮則有著多條的路徑，因為多支路性(multicusal)而令人迷失且難於離開。據說史上最早的迷宮位於銅器時代地中海克里特島上的米諾斯宮殿裡，其作用是利用迷宮的多支路性以囚禁那頭傳說中半人半牛的怪物米諾陶洛斯囚。而當我們把詩與迷宮放在一起比較，我們會發現大多數的詩屬於前者明陣這種結構，異於後者，它雖能夠迷惑讀者，但這類詩作線性較強，明朗而不晦澀，它只有一個出口與一個入口，較難泛起讀者的想像力。

美國已故後現代詩人約翰艾許伯瑞的詩作抽象和複雜，其多層次性能夠與後者這種迷宮相題並論。作家克里斯吉爾摩曾這樣形容他的詩作：「約翰艾許伯瑞的詩歌巧妙地從一個意象跳到另一個意象，直到詩作變成語言上的明陣和意義的迷宮……艾許伯瑞異於常人的思想脈絡以怪異和不規則的方式呈現，這看似隨機的形式其實有其獨有的秩序。」作家喬希安德森則這樣形容艾許伯瑞的作品：「這是使我迷失的迷宮，我樂於永遠無法找到出路，因為它警戒我不要自滿。」既然詩與建築的關係密切，我們能否以建築的形式來表達詩迷宮這魅力呢？

談到迷宮，我們不能不提及建築術語「簇群」(cluster)。不同於「集中」(centuralized)式的造型(form)排序，簇群式排序沒有強烈的幾何規律性，它的組織是根據功能要求的大小、形狀或遠近對造型進行分組的，這形式具有足夠的靈活性，它能把各種形狀、大小和方向的造型納入其結構之中。簇群的造型呈現的就是吉爾摩提到的「不規則」性，但不整齊並不是一種缺點，相反，簇群的造型正正能夠製造出「多支路」的效果，它誠實地呈現這世界真正的秩序。艾許伯瑞就曾經在一個訪問中說過：「我不認為整齊排列的詩能反映『現實』，我的詩是不連貫的，因為生活也正正是如此。」

十月筆者剛完成一篇題為 Ekphrastic Architecture: Translating John Ashbery《述詩建築：翻譯約翰艾許伯瑞》的建築論文，論文以設計艾許伯瑞紀念館作為結語。述畫 (ekphrasis) 是一種文學手法，這詞源於希臘語，傳統意思為對藝術作品（主要是畫作）的書面描述，約翰艾許伯瑞最著名的詩作之一〈凸面鏡中的自畫像〉就是一首「述畫詩」了。到近代述畫不再限於對畫作的描述，它成為一種藝術形式之間的一種翻譯。述詩建築就是描述詩歌的建築，也就是一個把詩歌翻譯成建築物的練習。

艾許伯瑞紀念館通過設計一簇不規則的路口、路徑和隱蔽的空間以形成一個網絡 (network)，模仿並呈現這位已故詩人作品的碎片化 (fragmentation) 和散步 (wandering) 特色。這些路口與路徑就是詩中的「跨行」，而一個個隱蔽的空間就是詩句與其裝載的意象。整個不規則的佈局造就碎片化的呈現，讓遊人在其中自由地散步，營造出一種如安德森所提到的「永遠無法找到出路」的詩歌狀態。

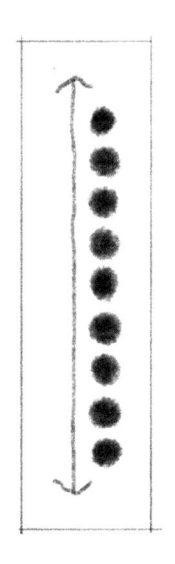

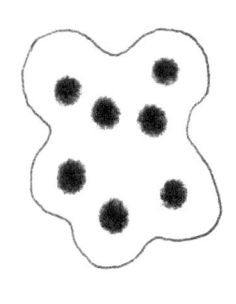

線性強 (linear) 與簇群 (cluster) 詩的分別 A

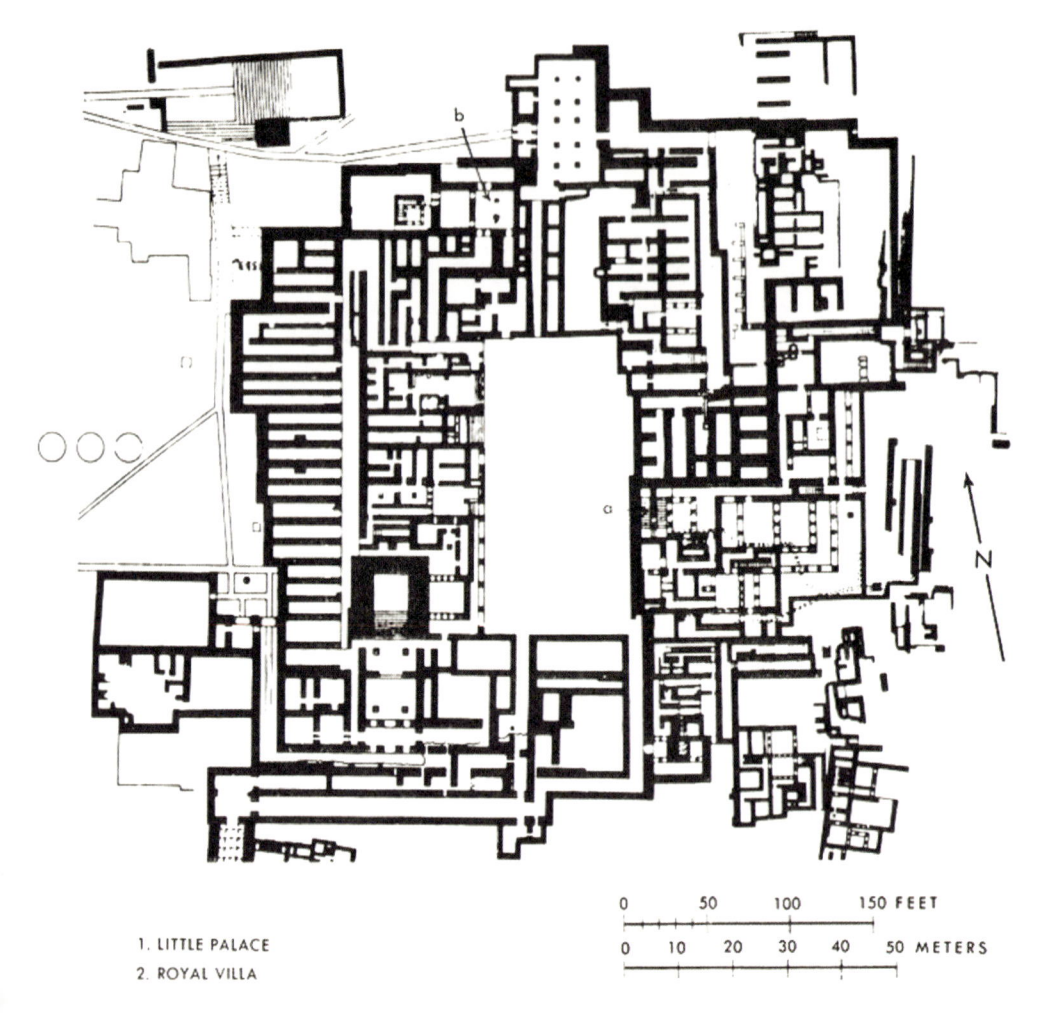

1. LITTLE PALACE
2. ROYAL VILLA

米諾斯宮殿

表達路口、路徑和隱蔽空間的格局圖 (Parti)

IV 詩的跨域 × 駐版合作

051

不存在的詩展

V 詩的跨域 × 駐版合作

——詩展：YIPING：不存在的詩展

YIPING 團隊進駐烌，於每期刊登的詩作中選出一首詩來策展。

YIPING 是詮釋一首詩的方式，透過對空間與策展的想像，延伸一首詩的樣貌。以詩句為泥瓦，在裡頭睡去的人，會做怎樣的夢？

駐版合作平台簡介：

YIPING：不存在的詩展
一個不存在的展覽，在 3.3 平方公尺裡假設，
一首詩的未知數。

當期展覽入口→

展出詩作:〈雨水之後是驚蟄〉
作者:胡青

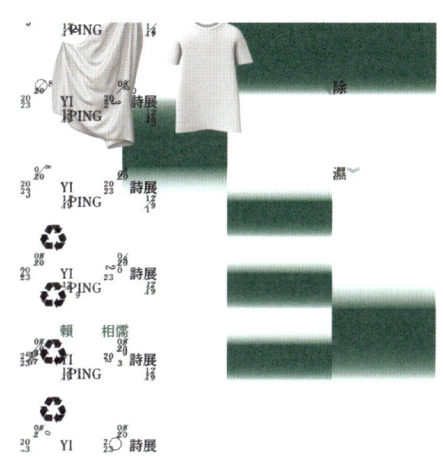

展出詩作:〈除濕〉
作者:賴相儒
當期策展人:黃于豪

展出詩作:〈請留意月台間隙〉
作者:浮海

──訪談：一杯酒的時間

深信詩人有著貓科動物的靈魂，某夜，在真實或虛擬的酒吧，月圓時分的狼嚎裡，我們認出同類。但不急著拆穿，我們淺酌，拒絕深談彼此的來歷。為破曉時刻回返人類肉身時留些餘地。

烊駐版訪談專欄

Part I 由烊編輯群或客座詩人作家主持，和一位詩人／作家訪談閒聊並以文字呈現。
Part II 由受訪詩人以聲音演繹一首詩，並向聽眾介紹這首詩。

一杯酒的時間 ft. 然靈

採訪撰稿｜紅紅

@然靈不為人知的三件小事

● 一、從小是個數學天才……

然靈：

小時候我很愛數學，很愛很愛超級愛，還勝過國文。成績最好的科目也是數學。高中的時候一天八節課，我就有九節都在想數學。數學很好玩啊，就好像玩遊戲在破關一樣。算數學的時候我很容易進入心流，不管在上什麼課，我都會自動拉起結界，待在結界裡面，把其它事情都踢出去。

那時候的課本太簡單了，我會拿那種厚厚的自修本，裡面有很多高階的難題。而且後來我發現，寫數學算式一行一行的，就好像在寫詩一樣。

數學老師在上課我都沒在聽，因為他講的太簡單了。有一次數學老師看我都一直低著頭不知道在幹嘛，就故意叫我上台去解題。當然這對我來說也不是什麼難事，一下子就下來了。甚至到後來有時候老師自己解題卡住，同學們就會慫恿我上去幫老師解，超帥的。那時我最拿手的就是 sin cos tan 那種三角函數。後來我接家教，教的都不是國文而是數學。甚至到現在都還有家長問我有沒有在兼家教。後來上大學，會計系的室友也會請我幫忙教她微積分。我是文組的，沒修過微積分，但是她拿教科書給我看一看，我自己就會了。

（原來是個小小愛因斯坦！）

● 二、最喜歡的動物其實是……

我小時候很喜歡鳥，可是其實我最喜歡而且畫作裡面最常出現的是熊（床單也是但剛被我媽換掉了）。大家也許沒注意到，就算我畫鯨魚，上面也還是會有一隻熊。

小時候我沒有玩具，唯一的玩具布偶是隻熊。在那個客廳即工廠，家庭代工很興盛的年代，我媽媽專門做熊布偶外觀拼布的裁縫部分。後來媽媽就把剩下的布還有棉花做成一隻熊給我跟我弟，也因此我唯一的玩伴是熊，就放在房間裡面。或許因為這樣我小時候特別喜歡熊，長大之後還是很喜歡，也影響到創作題材，例如有時候我畫貓，還是會讓牠抱著一隻熊。

（這蠻顛覆我對然靈的認知與印象欸……）

● 三、男孩看不懂我寫的信，原來我是在寫……

然靈：

高中時我有收集癖，喜歡集郵也喜歡收集信紙、書籤。我會用不同的信紙寫給我從國小就喜歡的那位男生，但不會把信紙用完，剩下的會留起來當作收藏。他跟我說不要一直寫信給他，可是大四那年他卻特別邀請我去參加畢業典禮。回家時他在公車站牌那裡問我要不要跟他交往。我知道他喜歡的其實是其他女生，所以把畢業禮物交給他之後我就回絕他了。說時遲那時快，我的公車突然就來了。窗戶開著，我伸出手對他揮揮手，看著他的身影越來越小，越來越小……。

（紅紅：這好像在演青春電影！）

後來我們還是有保持聯絡，但就只是普通朋友。他很優秀，考上研究所時把我介紹給他學弟，於是我又開始寫信了。可是呢，男孩老是說他看不懂我寫的信。可能那時候我常常把讀書報告當作書信在寫，寫完信也就剛好交了報告。

（紅紅：原來妳那麼早就在寫散文詩了 XD 而且根本是一套寫作計畫，
　　　　應該要留檔備份才對）

然靈：說到備份……我還真的……每寫完一封信就 copy 留檔，哈哈哈！

（紅紅：當時應該跟男孩說，來，你把信拿出來，
　　　　跟我說哪一行看不懂啊，我們一起來讀～）

@ 聽然靈讀詩〈貓課〉：

@ 然靈簡介：

然靈，生於雨城基隆，現居臺中。靜宜大學中文碩士。曾任編輯、中學國文教師。現為文字、插畫設計工作者、大學兼任教師。曾獲自由時報林榮三新詩獎、時報人間新人獎、吳濁流文藝獎、葉紅女性詩獎等等。著有散文詩集《解散練習》，詩集《鳥可以證明我很鳥》。

057

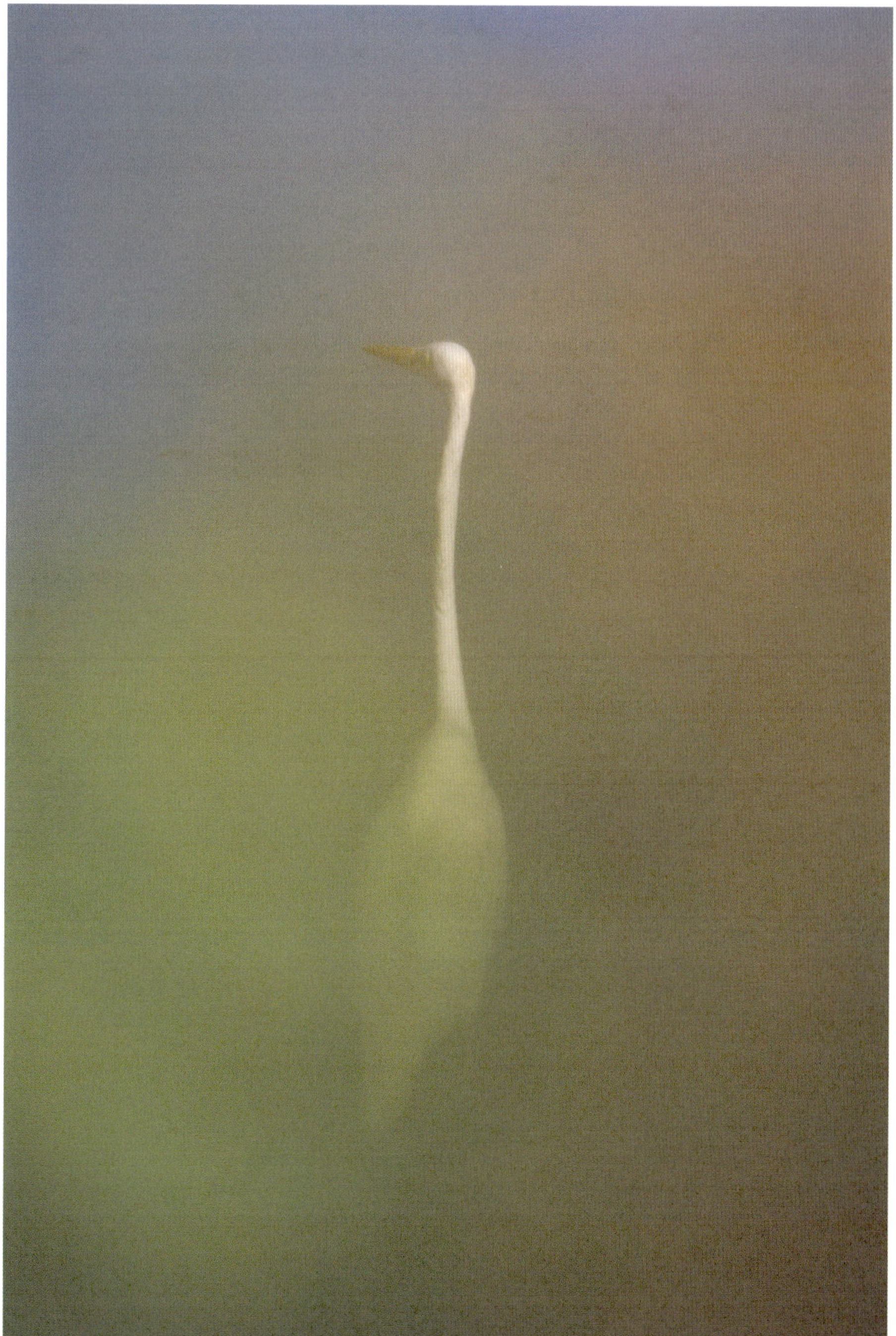

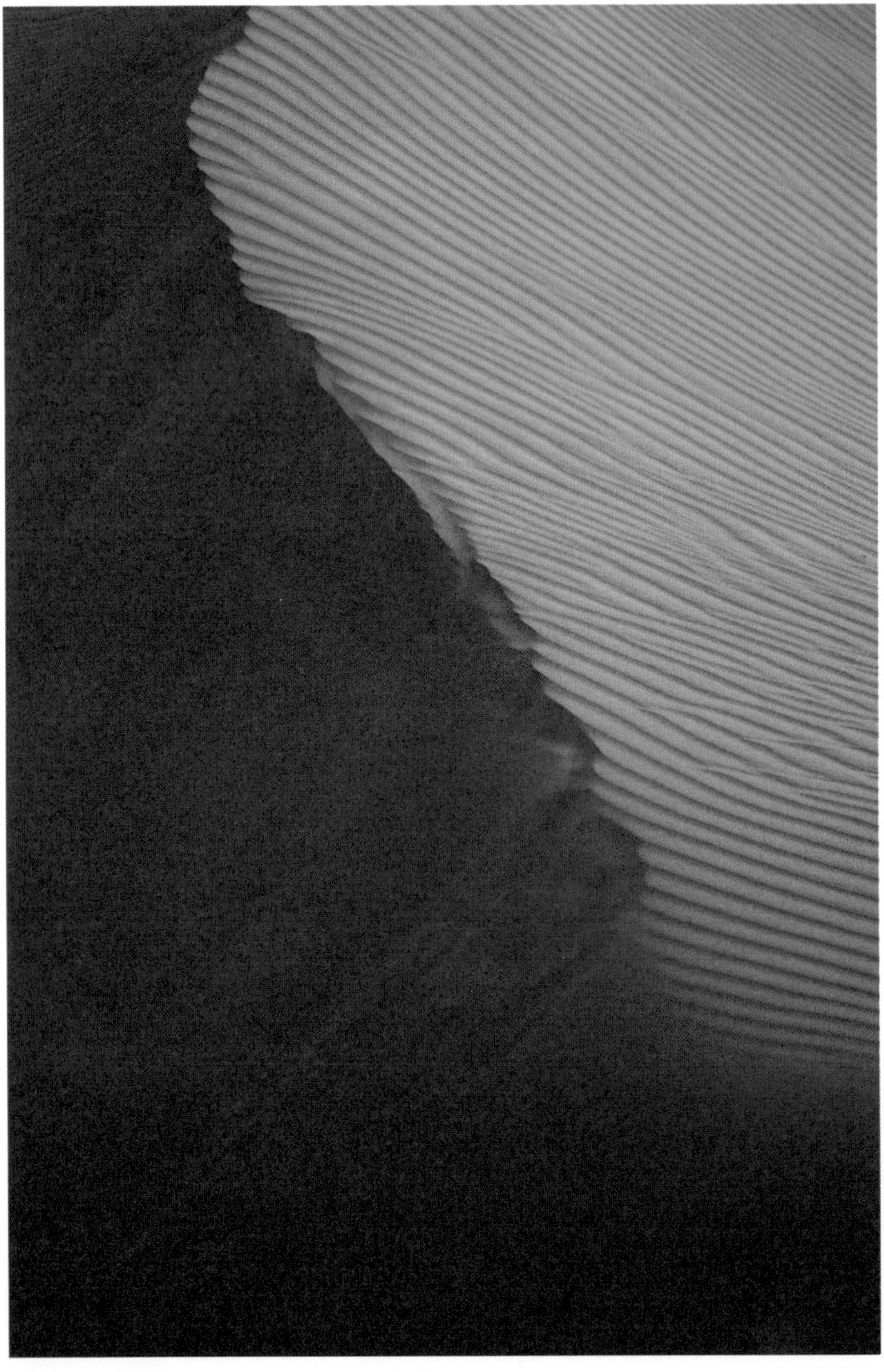

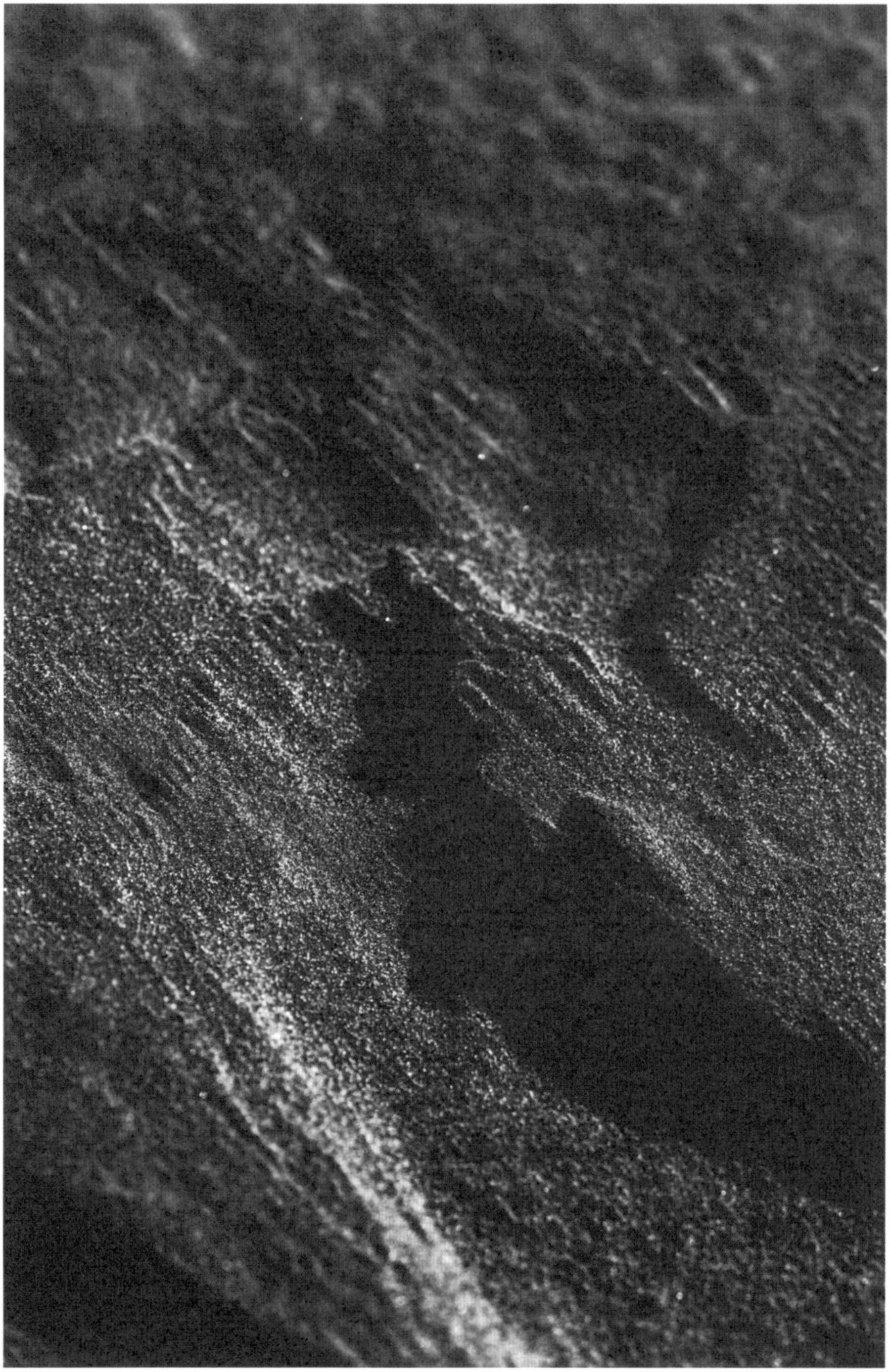

加拉萬德 / 建德

漫天風沙
腔調佈滿粗礪刮痕
反覆誦讀的禱詞
撐開晨夕之間
巨大的蒼涼

經義賜予你(們)的屬性
極輕，時代的氣壓卻極重
緊密罩著
形同器物的女體
一座座游移街巷的活動牢獄
槍桿子挑起日常的幅度
折射萬道日光
冰冷地逼視
遍地陰性的影子

鳥兒飛越一千零一夜
藏好酣暢的撲翅聲
終是不忍經過
裝置於你(們)眼前的窄窗
比鷹隼更鋒銳的眼神
利落削去你(們)
身上不潔的曲線
（卻又愛在夜裡肆意捏塑各種綺念）
貼伏於男權的陰影之下
一生僅靠一句嗤笑
草率定義

你闔上眼睛
躺在凹陷已久的床位
累了吧，好好歇息
在睡夢中提筆接續
彼時皇后尚未說完的故事
以更多慧黠的情節
修補身心的裂痕
自由，在這一場夢魘的轉角
預備著和煦的微風
梳理你(們)鬆開的
飛揚的髮絲

註：疑因沒有遵守伊朗女性戴頭巾規定，2023年10月初在德黑蘭地鐵站被道德警察毆打的一名16歲少女加拉萬德，於當月的10月28日逝世。

近年來，伊朗已有多宗女生因違反頭巾法律而被毆打致傷、致死的案件。

註：在波斯神話〈一千零一夜〉中，聰明的皇后山魯佐德講了一千零一個未完結的故事，讓自己和無數女子從殘暴的國王手中活了下來。

延伸記憶 /語凡

突然愛上你身體的延伸
那雙舊手套
你有點髒的白襪子
走過土涉過雨
長著小洞的跑步鞋
它們的氣味勾引著我
產生屬少年才有的荷爾蒙

你的身體進入它們的時候
是不是和進入我有相同的感覺
即使你不在
還會被你的影子絆倒
你身體的邊邊角角
偷偷延伸記憶

這包括你落在地上的角質層
一面想你，一面搬動它們
每次收穫一些
我像螞蟻一樣快樂

都是發光的石磨，研磨著
人的臉龐，一種趨向：讓人在無光
而必須回到黑暗的時候也能
因著曾經的磨礪那質地
攏聚的光點微微地，被照亮
老的面容，磨過的痕跡都能給予在水窪的
波紋中，迷失的蜻蜓，一條條確切的軌道啊⋯⋯
就像落葉成為了風
縫補萬物的指引，就像這樣的落葉
脫離了腐朽，與永恆
之間的擺盪而記起了自己
那輪廓，我們再也不需要
緊捉著對方以從眼睛中

辨識，辨識出自己直到那張臉以淚
破裂──而如今像雲的影子
都知道自己作為
某人的遮掩，而獨立於雲的本身卻竟又
相互連繫著，最美的
情人關係。牽手時，當影子交織成美麗漆黑的織錦
我們安然地，放開手：風
就成了千萬條繩子
穿過毛孔，以一種不強纏著甚麼的力度將我們
串成了一線。若此刻，一隻鳥飛過在空氣中
在水面，在樹葉的、星星之間的孔隙在我們影子
邊緣，除卻了依附

穿織起絲線⋯⋯

論依附 /陳家朗

樹的左手提著的是一串
會腐朽，綠色的葡萄，右手
則是舉得高高的
銀河，一整串的永恆，巨大星星。而孤獨

是我們提不起的
腳下的影子，無法
使它站立，而與自己結伴
我們害怕失去
像影子害怕失去連繫而死纏著身體
且夜晚時，當它坐大，緊緊
抱住整個世界不放
月光僅僅是它懷抱的缺口。它的存在
需要肉身或是依附著
依附著燈柱、汽車
大樓一如我們都依賴住永恆
來超越這一切
將會腐朽的擁有。然而
惟想及人也可以像是那樣

有一次，我們手牽著手，不是死結般糾纏
牽著的手隨時可以
鬆開，一如行走到一面
漂亮的積水時，那倒映，伴隨的影子的脫離
便使我們，得以認清了自己，日月

身體自主｜主題詩

我們的定義 /漫漁

woman
名詞
單數

《牛津詞典》舊定義：男人的妻子
《牛津詞典》新定義：一個人的妻子

《劍橋詞典》頭號詞義：成年的女性人類
《劍橋詞典》新定詞義：一名以女性身份生活及被認同的成年人，儘管他們出生時是另一個性別

女人
谷歌詞庫其他定義：
某人的妻子、女友、有女性特徵的情人
收取工資操持家務的女性人類

《牛津詞典》和《劍橋詞典》中，woman 的具有冒犯性近義詞：
bitch
原意：母狗、母狼、母狐狸
歧視性用詞（警告標誌）：壞女人

綜合以上定義，下列哪一項正確？
a. 女人的定義族群無限擴大，世界因此性別平權了。
b. 無女性特徵的跨女，打掃和做飯不可以收費。
c. 妻子可以是母狗，但母狗不是妻子。
d. 以上皆是。
e. 以上皆非。

註：《牛津詞典》和《劍橋詞典》等大詞典的網路版在2022年更新了「ｍａｎ」和「ｗｏｍａｎ」兩詞定義，將男人與女人的定義，附加性別認同的詮釋。

迷途 /漫漁

「你不可以玷污神的殿，這殿就是你的身體。」*

（羔羊躺臥祭壇，而神早已離開。）

牆身微顫，由四面向中心收攏
房間到房間
她的各個部位被切割，游移著
舌頭在客廳沙發
臀部在餐桌邊緣
乳房在臥房一角
它們試圖找回彼此但總是無法拼湊出
上帝垂憐的模樣

靈魂撕碎的聲音在磚塊間碰撞　迴盪
身體成為一座迷宮而她失去線索
問號在每一個轉角把自己絆倒

（先有罪人才有羔羊還是先有羔羊才有罪人？）

地板晃動，他的手穿過牆壁
總是先她一步到達
迷宮中陰晦的道路　滲出腥甜的黏液
淹沒五官、聲音、手腳、意識

祭壇經過一陣激烈震撼，跟著是絕望的寂靜
十字架的殘屑佈滿死蔭幽谷**
俯身污泥堆積的池邊，她看不到自己的原形

羔羊的臉孔終於與罪人重疊
天國，是以暴力進入的***

> 註解：
> *此句出自聖經哥林多前書三章16～17節
> **詩篇23:4「我雖然行過死蔭的幽谷，也不怕遭害，因為你與我同在，你的杖、你的竿都安慰我。」
> ***馬太福音11:12說到「天國是努力進入的」。此處「努力」原文希臘文是biazetai，意思通常是「使用力量／暴力」(use force/violence)。

我也是雨 /紅紅

雨傘和雨衣
穿上鮮豔傷口
指認被盜走的晴天

閃電和雷列席
將烏雲
從山頭下架

麥克風沙沙
我也是一場雨
站在雨中
垂頭只因挾帶的氣壓
負重

紛紛
沖刷而落的傷疤
在各個角落被轉發

我不再害怕
雨。越來越大

安全地下吧

女，身 /火星喵

我愛我是滴出乳汁的紅黑色河流
我愛我是包藏生命和靈魂的有機容器
我愛我同時是柔軟也是堅硬的膜

我也愛我當我決定我什麼都不是。

乾淨了 /無花

他安靜撫摸過我的童年
我一直替他不停洗手
唯有水聲，不會不知道

──截自〈樹上有狗〉

慰 /語凡

他慌亂抓到我的手
裡面有很有汗
心跳和原來如此
什麼都沒做
只是在大腦開一個洞
好像為了定格時間
和青春的悸動

洞口大開如飢荒
大家都掉進去
我發現偷到時間
是一件很爽的事情
以至我現在還在勃起
他的手和體溫還在我這兒
我想他
每次抓癢的時候
想了三千三百多天

半透明的肉身仍在行走 /驚雷

梅雨墜落、萎地、擴散──
一個令人尷於舉傘的時節
手指費力伸張，指尖向上長出蓮花座
承接明淨的雨水
水珠潛蟄、隱身，遁往更深的深處

雨陣自霧海突圍，侵擾人世
梵鐘旁觀一切
發出沉穩的鳴聲
一圈圈蔓衍、迴盪，引起共鳴

沉睡的風鈴被逐一喚醒
倔強地迎擊比它們更輕的所在
指骨仿擬彈奏鋼琴的指法
上下晃動

雨水層層穿透肉身
半透明的軀幹仍在行走
褪下浴衣、裸身，抬頭接納降福
成為新造的人

怪罪 /離喚

他們怪罪你的衣著
怪罪你深夜在外徘徊，
怪罪你的容貌
怪罪你的談吐，
怪罪你給別人機會；
怪罪你沒有給他機會

於是你怪罪自己的衣著，
怪罪自己深夜在外徘徊
怪罪自己
卻不知道要從何怪罪起。

分到隔壁班的朋友
和你做差不多的事
他看起來挺好的，沒事。
有時候他會嘲笑你
說你表現得太誇張，
一切
沒甚麼大不了的

但是你再也無法
好好的愛自己了，
你的舉手投足
一顰一笑全都是錯誤

你努力的修正自己，
怪罪自己，跑去嘔吐
再暴飲暴食，再
嘔吐，怪罪自己，
甚至遺忘了：
從一開始
該被怪罪的
是且只是
傷害你的那個人

乾女兒 / 羊齒蕨

──看202112上旬福爾摩沙衛福部新聞；有感

一切只因濕氣過重。

你到關節來找我？
教我為愛──
開一個小小門縫
體內一整個樂儀隊
正在表演拋槍答數
月亮也趁勢過來窺探
傾羨我的色澤比他豐富
臨走前卻又怪我
烏雲不夠厚密

君應深知，我平常
諸多潔癖；但偶爾也會
納垢藏汙……。譬如我們
從桃園徹夜要到恆春，到高雄
地頭就路遇了狗隊（為什麼不
沿用過往的地名呢？如果惱恨
不小心打到貓狗──動保團體就會
過來抗衡，引發全網　說三道四
我們吃素　你們還霸凌我
讓我沿路靠北　校正回歸……）

想未來呵　若扛不住北回歸線
是否還能養養比特犬過過乾癮
這次怪我失算　翻天覆地
前人早有智慧
唉！不說野爸
（以上錯字校正）
不說　也罷

唉！
即使腰部以下
天乾物燥
頸部以上也要
小心火燭

除濕 /賴相儒

牆壁慢慢剝落
像壞掉的皮膚

濕氣絲絲入扣
我將機器擺好
調到標準模式
發出必要的噪音

頭開始痛
滲出來的那些
都變成雨

一個人的房間
從濕透的床上起身
試圖將自己捻乾
倒入盆栽裡

天體會議 / 王兆基

你徵集一首身體自主的詩
我的頭骨不由自主地撞向性別的囚室
「為何要我應試般勃起主旨」
比古老的火焰更醜陋

乳頭在晚霞的衣服下
指向夜的潮濕
你可以捨棄身體而
不捨棄身體的詩

從喉嚨的隧道中
徵集語言
而我的列車是閃電
象牙塔沒有那種措施預防我
把六月卸下

報紙戰鬥著觀自在的性別
詩有容納他她祂它的寺廟而無他她
七律、自由體、陌生化只是一種容器
我嘗試，連接佛的內聯網
偷渡到極樂的腦海，此前
不應「嘗試」，與有「應」的觀念
正如天空不說破星體的會議內容

身體自主 主題詩

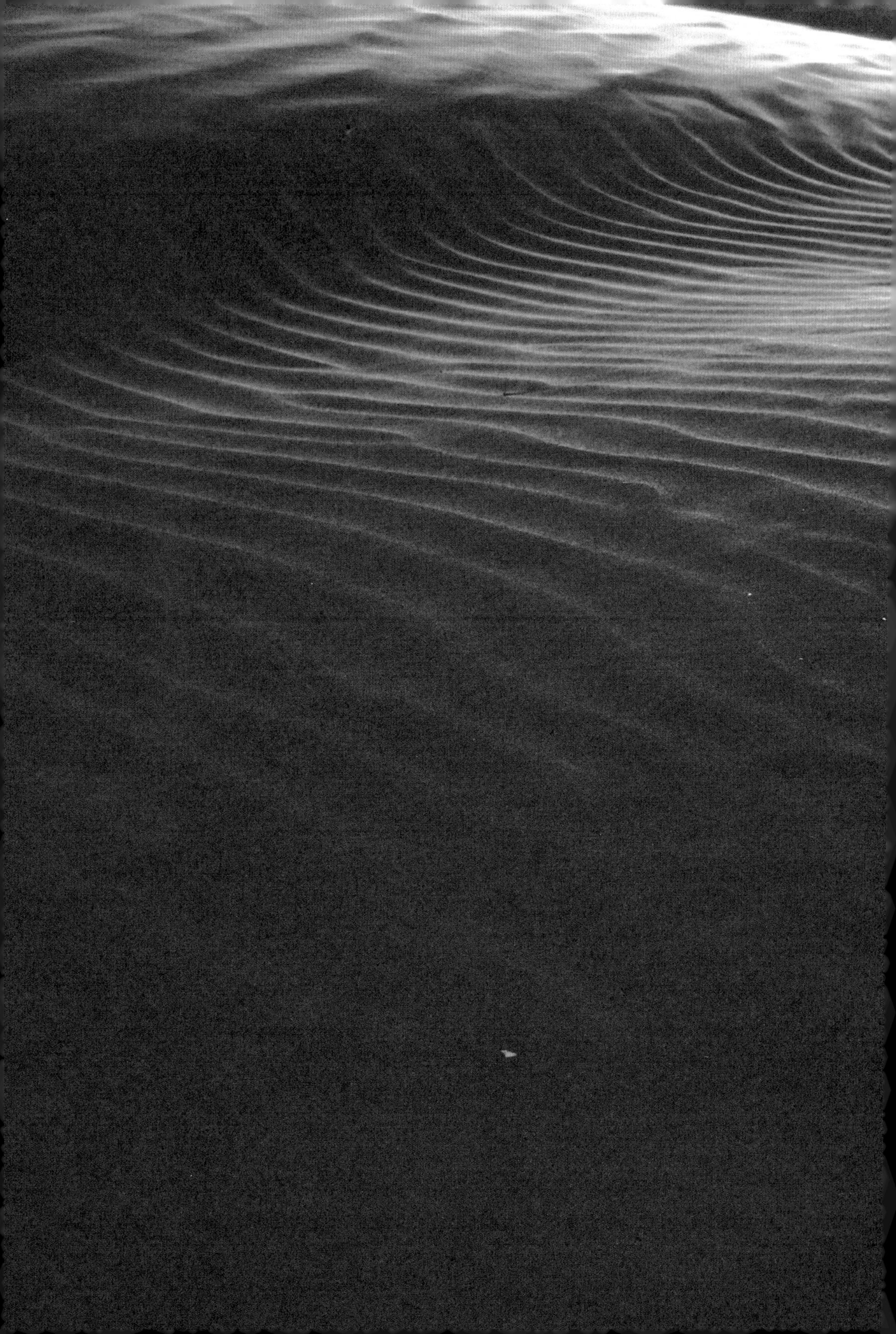

前夜祭 /潏山

聽說每一個聲──音──裏　藏

匿萬物微行的儀典──
我嘗試從鷫鸘河蚌茶樹金星爪蛙地殼的對談中盜竊──只有神知道的名字──
那器皿、那
法器
那　　「你」
輕呼、輕呼────穿越
　　　　　　地動物搖

午睡前的五分十八秒 /瀞山

身體無盡綿延扁塌軟癱　青苔
一把蘚　　　　　我們翻身
　　　　　　　萬物睡眠。
他們各自走向這時的各個地方——水黃泥花，
蕉瓣薔薇，紫紅雪火，無眠落月——
那些都不重要，那些我們都會去。
所有面前，對談　　文字
對談一些聲音，　你的聲音裏我不知道的
青苔分裂的，磨蹭
你給的書它在床裏頭，
第一百零四頁，有你的聲音裏我不知道的
脈脈——那哪裏與那哪誰——都來到這裏；我；
這裏　　　　　萬物翻身
　　　　　　　我們睡去。

某一天 /瀞山

克制
日子克制　眼神
有長長的神韻　有
日子的背影
是靈魂。唯有
遛遛走過　走在　　　萌發的前方
超越目的地　那裏有土園有
古老的盟約、信仰
有靜
萬物走過，前方
山、水分、鳴在前方
這麼微小
就這樣吧。我們。
在萬物交談中的交談中的我們，牙──牙──學──語──

擁抱 / 紅紅

我們之間
住居一個亞熱帶的冬天
高樓、落地窗、北風、厚雲層、鳥
穿大衣的行人、枯枝落葉、一派灰黑色調的城市
海岸

之間，我們的
空曠足以讓閃電著陸
卻留不住火
空曠
足夠讓出一條峽谷
冬天列陣踏過
降下我未曾見識的大雪

擠迫
小單位租屋、木地板、電暖器、毛毯
嬰兒的哭聲、貓叫、窗外燈火、樓上鄰居的腳步聲

在我的單人床與你的單人床
所拼起來的一整座夜晚之間
長出刺人的藤草
背影是牆

我們什麼都有了
除了——擁抱
一整個亞熱帶的冬天

徒手 /陽子

我將手掌
放在你我之間
融去界線
你的呼吸一波波進入我
我任由它，反覆將我推至高點，再靜靜墜落
我的手，是你呼吸的形狀
你像一幢大門虛掩的屋
我是乘著夜色
從罅隙，滲入你之內的偵探
而你在知道與不知道之間

閉起眼睛
你的河找到了我的手
而我跟著它
抵達
你要我發現的地方

我進入更深的你
讓你的流在我之內雜斷地湧動
我聽著，跟隨著
直到
無聲

我輕輕退出你的小屋
踏出夜色
回到你我之間
而你，仍在知道與不知道之間

磅巷 /萍凡人

你開始說起每座建築的興衰史
落葉隨地起飛，織造三百級願望
地圖隨日移動慢慢淡出
石牆與樹影交換角色
卜公花園的細葉榕觀看遠方

你忘了何時成為山城客旅
漫步等待日出的清晨
拾起一片悠然，夾在書頁裝飾
書上記著說：
磅巷無磅

你離開冷氣房，把下一章回的話
濃縮成僅僅三百級
將竹蜻蜓留在
第一百五十一級
螺旋槳開始翻動
落葉抑揚，槳聲漸入初冬

海天（不成）一線 /傅嘉正

我們各自擁抱著一片藍色
一邊是在克制裡翻湧著浪的湛藍
表面波光緊隨氣流閃動，一邊是
經白雲稀釋後靜謐的淡藍，無起伏
任四野的狂風吹
也吹不出一絲動靜

每日我守著相似的頻率
迎著光，按時接收自高處灑落的影子
打造出盛放熱量的容器。胸襟的寬度
慢慢擴張如生長的比熱容
得以收納高溫的故事，熱烈的回憶
然而你常在彼方降下冷雨
製造無數尖刺，突擊故作平靜的海面
催生一圈圈暴烈的漣漪
彷彿我的身，僅是一場暫時性的夢

當我急躁地探測你的溫度
便掀起巨浪，拋升的浪花懸在半空幾秒
旋即被地心引力牽制而墜毀。少時的和煦
能溫暖海裡敏感的浮游生物；
多時的降溫，無言地凍傷嫩皮般的平和
令我翻湧，起霧，捲縮成一道漩渦
一個圍困自己的圈套

（海水原是透明的，因反映天空的底色
終生成陰鬱的藍）

我欲抽離變換顏色卻
始終框於同一片青空之下。水分蒸發升空
凝聚成雲，過重便落下淚回歸大海
如此重複依據環境調整狀態，比如那些
與你有關的氣象活動，以維持遠方的海平線
──極細得幾乎察覺不出界限但
是註定被剪開的虛線

倒錯 /月見子

那人與水接觸的界限是地平線
游泳與洗澡之間
渴望冬泳的他選擇逃避
自由的蝶像鼓著身子背對著的青蛙
冰冷的回憶刺痛著他的身體
呼吸之間要存在間隙
吸氣然後吐出要配合動作
疼痛是道德規範不容許接受的事物我必須也一定要循序漸進接納
後來冬天的熱水澡讓他學會了轉譯
哪怕在水中流的淚也是溫暖的

到一座陌生的城市冬泳
最後才終於去熱水澡

是正要落下雨來
還有鐵質的大鳥
在黃昏中盤旋
──這也是它們的領地
我忘了
我的羊群已經疲倦
他們隨著人群
湧向那隻吐水的獅子
甚至毫無防備地
走下了台階似的柵欄
因為那有水草
逡巡著，直到我也
走下獅子的凝視
並向它們揮手示意
它們自由地啃食
那些同樣自由的
水草
好像在說：
「Merdeka! Merdeka!」

注釋：
「Merdeka」為馬來文，「自由，獨立」之意。

在新加坡趕一群羊 /王崢

在清晨醒來時
手握一群羊
如海沫般蕩漾著
在島嶼上走失的
如今回到島嶼
但和摩洛哥的不同
它們不擅爬樹
更不擅交談
它們看我時
像看一位新來的
牧師，汩汩地喚
而我同樣茫然，
不得不
代尋某條特犬
說過了，不在樹上
在熱帶的草中
一個同羊毛般的
臀部，正望我
——是一隻貓，短毛
獅城貓，如今
負責這群羊的宿命
但它顯然是健忘
我只能趕著一群
同樣健忘的羊

向它申辯：
「如今貓也可以牧羊
只要你能聽懂
那些美食的暗號」
好吧，它只吃草
我只能趕它們上街
從大士的港口
一群羊必須和人
一起排隊，綠燈
顯然是好的
然後通往另一個
經過無數的橋梁
它們有時聚在橋墩
掘一些新出的苔蘚
另一頭遇到其他羊
它們只會對望
然後說：
「我附庸的附庸啊，
不是我的附庸」
擁擠一陣
便往天上趕
一塊塊的白色梯田
去找一塊落腳
那最大的一塊

8.
愛上一種未速凍的赤裸
思念是一塊燙上舌苔後永恆缺腥的溫體牛

9.
送你一種東南亞的椰雨
還你奔赴而來的火鍋

我們撈起半熟未熟將熟的遠方
換一種正臉側臉笑臉之外的
Wakamoto

10.
與臺北之間永恆隔了一場雨
轉涼的風任我們的樓層平添了幾塊青灰的磚

我在飛機倒數出境前細數幾個人幾次回眸
而時間還在截圖
一整個行李箱中最後的夢

夢遊記 /宇正

1.
「想像過嗎?我們的人間不過是天堂與地獄的平行宇宙。」

2.
給曾中毒的孩子
一雙槳
問他如何與自己遏制幸福的自卑感
為敵

3.
蹦極跳後我們卸下所有裝備
長出一綫長長遠遠的
冷顫

掛著一頭懼高症的軀殼
何處皆是懸崖
何處皆非懸崖

4.
天燈升天後
我們對望著彼此的眼睛

「你許的願望有值得被燒掉嗎?」

5.
夕陽在沼澤深處捕獵招潮蟹
風車於逆風處仰望彈塗魚

天空與我們借鏡
淤泥海中倒轉現實

6.
泡湯以後
我們聞起來都像一種清新脫俗的

炸藥

7.
薄薄的肉身
跪在醋飯上
以火炙烤後的夢更顯

焦香

之間｜主題詩

之間主題詩攝影師簡介

紅紅
攝影和寫詩同樣資淺，但都將是一輩子的熱愛。

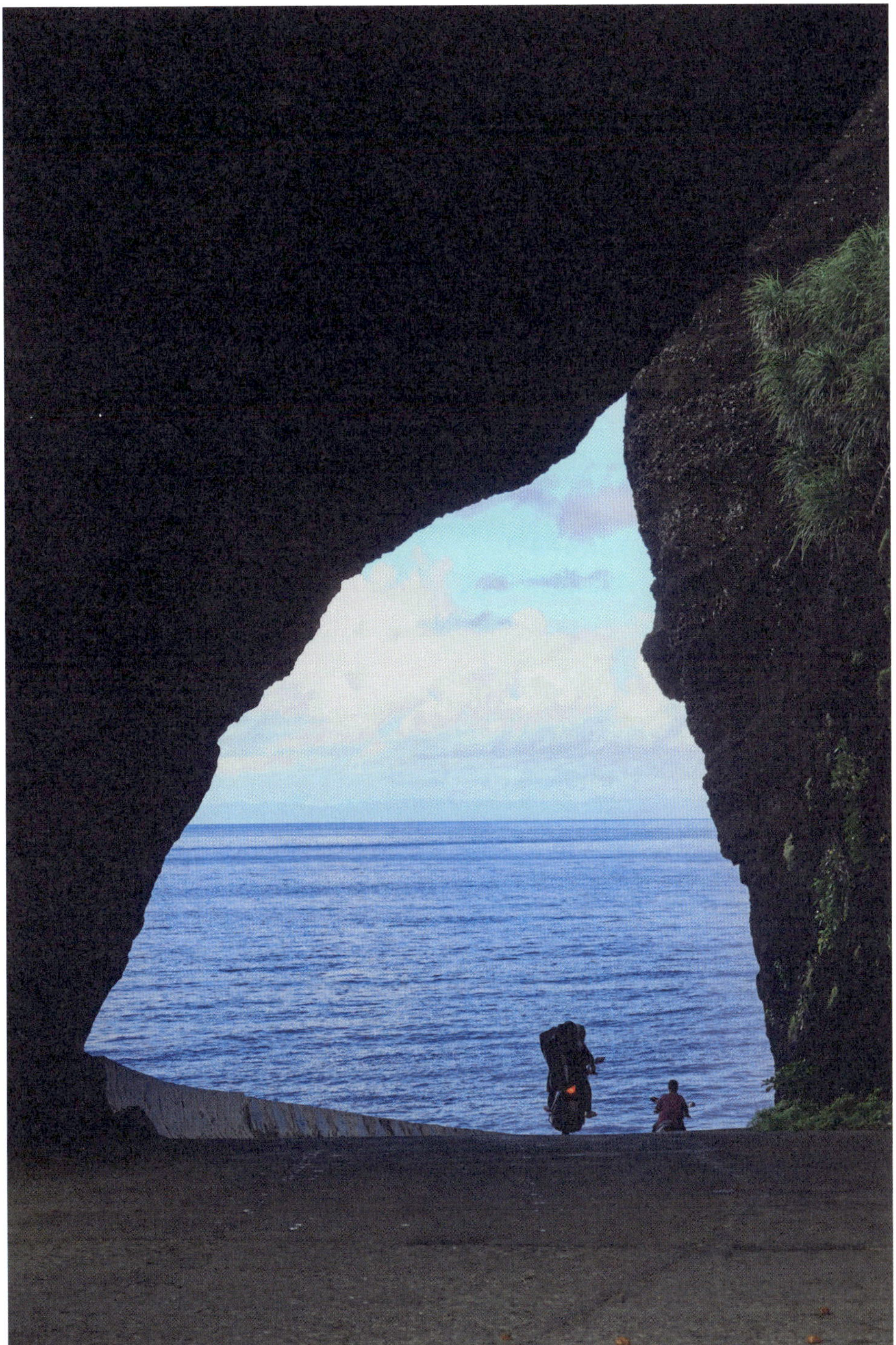

距離 /林宗毅

桌上的物體毫無章法地擺放，卻擁有共同的默契，如流傳數億年秩序的散亂：繃帶，人工皮，剪刀；土星，金星，水星。彼此的間隔如幾座星系的傷口，相似卻距離遙遠，雨滴源源不絕地從屋簷繃緊再鬆落，像是幾千萬年前那場災難的過程，滅絕了所有情緒。

我摸黑拿起略為生銹的剪刀，剪開自己結痂的傷口，讓從窗簾間隙透入的陽光療傷，而後放回桌上，打亂原本的擺放，從此就有新的相對位置：即使距離依舊哀傷。

天光對慈鯛及鮪魚同樣公正 /蓬蒿

我想我是天光下一條慈鯛
順著清澈的節奏拾級而下
汽車與電纜平行前進
此山和彼山之間
祖母走過的樓梯街盡頭
全部風與光的起點
據說以前是魚缸
一種透明而堅固的洋貨
愛恨兩空的快樂
靜踞太平洋西岸掬取
足夠所有魚浮泊的清澈天光

天光每日沖刷玻璃增加亮度
吸引更多更多更多的鮪魚
魚缸傳統的寬鬆節奏
拉伸、膨脹、畸變、裂碎
絕不因鮪魚的利齒繁衍
我猜是變鹹的水令慈鯛不慈
水與水之間的界線其實
短於你我二字
裂碎之後沒有更多碎裂
一泓天光如昔明澄而清澈

我類 / 雨曦

颱風過後，我延遲觸碰雲朵
跟臺灣之間有產生幻想
：）因切割的絨毛玩偶、刺槐
生長出純白的花
於透明、紋裂（甜膩微辣）
從胸口掏開拉鏈，你是琥珀冰冷的少年

一直下雨。窗口被濕的眼睛隱匿著
搗住嘴巴
那隻經常跳脫的兔子──躲在
舌頭底
挖空天空的霧；我類似
直到孤獨鏡子後的房間瀝乾（附屬品
就這樣把複數的雲塞進你的皮囊
為了重建
──充滿倒塌的棉花佔超過

百分之十。燈泡於鈕扣亮起前呈現一種蝶的停留

擬完美主義者 /秀實

生命會找到自己的出口。〈侏羅紀公園〉

翼龍能飛,暴龍前肢退化
進化史的奧妙
累積成一座圖書館
往天堂的路上,遇到
博爾赫斯。我讀過他那些
驚心動魄的詩句

愛你整體的呈現,包括刺
淹沒的雨水、過硬的核
梗直的枝與末梢
堅持南方
不落葉,只開紅花

完美主義不容
把早晨的蘋果剖開
要吃,讓你整個啖下去
不介意削皮與否
不在乎所有的拒絕
不願浮沉泡沫中

回到侏羅紀的原始
果肉不過是腐朽的時光
我吃著,並尋找
一個相同的甜,不介意苦
「我們不能指望天堂

但可以相信地獄」
相信開始自荒原時代
沒有文字的偽裝
沒有紙張折疊成圖書
一切山岳與河流
都因為挽留而存在

(注)阿根廷詩人博爾赫斯說:如果人間有天堂,那就是圖書館。引文為其詩〈四個時代〉的句子。

請留意月台空隙 /浮海

日出來臨前
她正歷經一輪枯萎

那段日子
她經常分神
徘徊在兩條並行軌道之間
後來才發現
漫漫軌道都朝同一方向

人潮繼續向著壞掉的電梯上溯
只有她執迷於腳下的夜祭
行走的人沒能覺察
所有光
都長有一雙漆黑的瞳孔

「請留意月台空隙」
即使廣播輪迴
踏出車廂的那刻
她依然獨自墮進了
那道因日子被撕毀而留下的裂縫

一株植物落戶黑暗
會利用寂寞進行光合作用
暴雨次晨，秋泥沁送
傳聞月台的傷痕
也總在日出之際
忽然癒合

加油站 /無花

加油站的車子
添滿油後離開

「多像你!」
離開是一門行為藝術。

「半缸或全滿?」
多像你
一邊加油一邊愛問的問題

後方敞篷車
大燈在欣賞
油槍被握的手勢

「信用卡或現金?」
加油孔被油箱蓋按壓的聲音
也像你

「嗶!」關門和搖上車窗的你
一直愛把我裝滿
也愛把我分離

鏡子 / 柏森

陪著你走一半的路

分離來得很短暫,在這之間
所有都是屬於一半的
幻想:愛我們的神
將我們拆成兩塊,已然誕生的正是
渴望地追逐

時間的肌膚
發皺,每當我深思
擁有的只是回聲

回聲,有它昏柔的慰藉
否則,我們如何看待
日與夜

陸上的霧升湧
不論我們走到哪兒,僅僅
抬頭才能看見

凌晨
那片無可形容的天空底
轉瞬消逝的
此和彼

白色星叢
照耀著,眾多念頭
被無限傳遞

夜的盡頭很深
我仍然想念著你

貓眼 /賴相儒

養貓，不便驚動牠，你越靜牠就越靜。到最後，你的腳步像貓呼吸也像貓，整個屋子彷彿沒有了人。此刻，兩個靈魂穿梭著沒有交談，你在牠眼裡看到自己：一種小心翼翼、冷眼看鳥，想吃又吃不到，耐人咀嚼的焦慮。

最後瑟縮成正午時分陽光烈焰的一抹細長眼睛。

償詩 / 2N

我是秋天裡的白色
你是不會懂的
像我
死皮賴臉地住在過期後的山城
和滿嘴胡荏的男人
繞星期一的操場散步
門口遠遠站著一個園丁
「他是不是很有名」
「他發明了樹，這樣算嗎」

不得不說
想讓誰付出代價的心情十分激烈
跟人看了賈樟柯
又把嗓子眼的話吞回去
沒勇氣向真正的債主討錢
坐在壁櫥旁的短凳
在保險帳單的背後寫詩

晚上
白髮蒼蒼的老人走進房間
把發燒中的我搖醒說湯已經煲好
我打開電視
放電影片頭，他就轉身離開
我是秋天裡的白
不知道是變了　還是沒變

像我
不知羞恥地什麼都想來上一點
日子腳下
顏色所剩不多
還是跑來和不該鬥的人鬥
輸罷
用各種　不背叛自己的方法吠

直到冷風
再次勒緊身上的韁繩
直到我
繳不出時間的本金

在兩場颱風之間 /李曼旎

送走一場颱風以後,我們等待著的
不是平靜。是新一場的到來,我們
在舊的夜晚裡,很好地關緊了窗子
不讓任何外人入門。愛撫彼此的手
也沒有朽壞,只有你的白襯衫受潮,
散發出一隻母貓受了驚嚇,那瞬間
瀰漫在空氣中的氣味。新鮮的橙子
被紀念成為
過期的甜橙沐浴露的氣味。

暴雨到來前的夜晚,你愈加
害怕我的離去,就像我脆弱到無法
在被蝕咬的海岸綫上保護好自己。
你告訴我:不要外出。似要將我
囚禁在你的心室之間
想像中的風球已經掛起,
我們所畏懼的將要降臨。
氣象學者為游蕩著的無具形的氣流命名,
像在迎接一位天使,降臨一個或幾個
被放置在,神的餐桌上的城市。
我不是神的孩子。無法偷走
那宴會上被賓客遺忘的牛奶布丁,
或是任何一個甜蜜的吻。
只能夠在這裡,獨自品嚐一種,
名為你的恍惚。

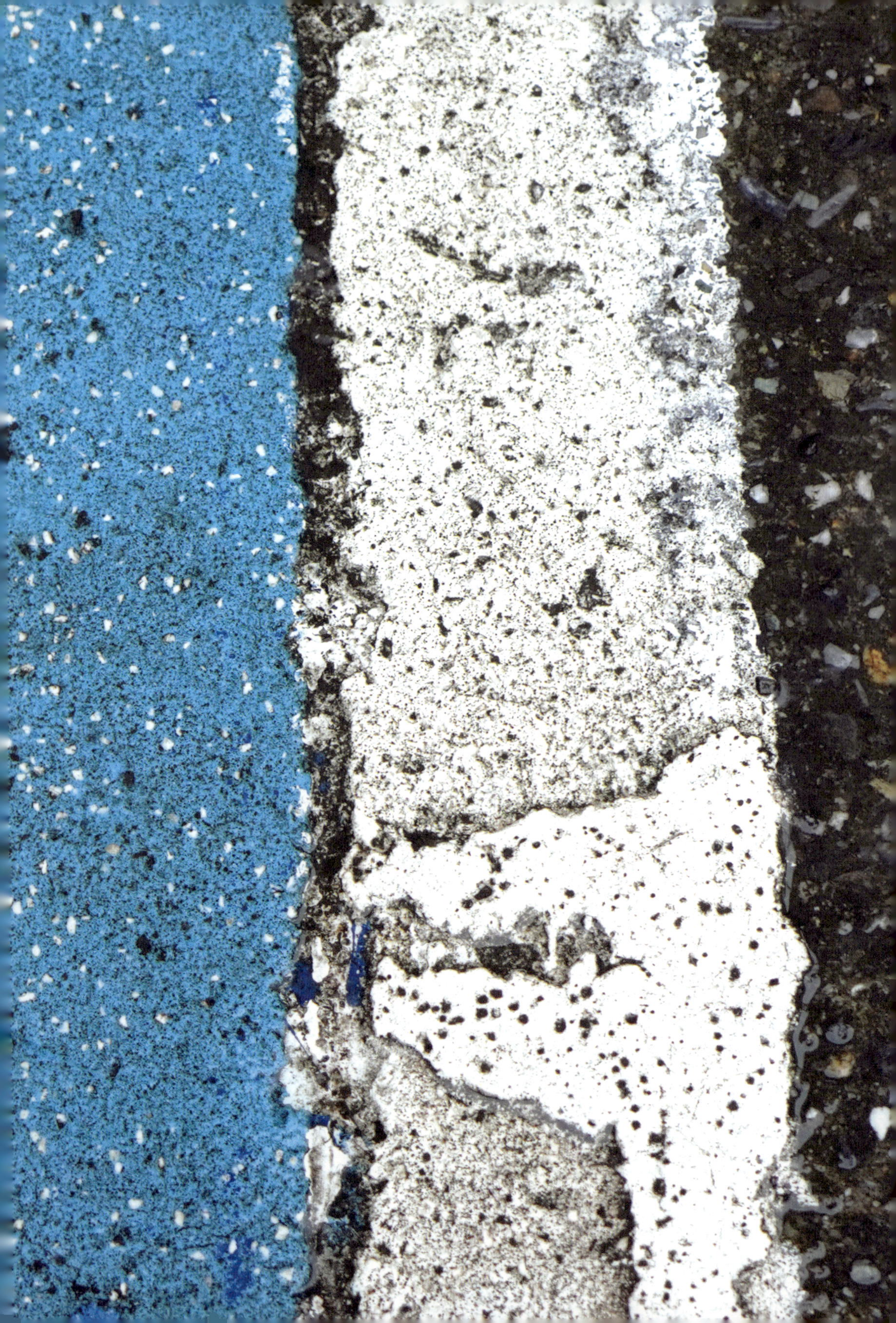

之間 主題詩

空 ｜ 主題詩

他的魔術紙箱 / 紅紅

一般紙箱：

打開空紙箱
裝進一隻兔子關上
打開跳出一隻兔子
壓平、回收、再利用

他的魔術紙箱：

壓平紙箱、摺起、打開紙箱
跳出一隻兔子
關上再打開跳出一隻貓
關上再打開一隻狐狸

忘了是什麼時候
被他藏進去的
我一直跳不出來
在裡面不斷哭泣

紙箱破了一個洞
又一個洞

爛死了
他的把戲

空思夢想 / 離喚

「無空思夢想，無代誌。」——林生祥〈有無〉

沒有辦法遏止的
我持續幻想著
一場場災難
降臨，在我身上
在我的生活裡
我幻想被車撞死
幻想我搭的客運
在高空衝出護欄
幻想自己在酒醉時分
滾下樓梯摔斷脖子

我推測這中間
存在著某種吸引力法則
我的意念越是強烈
事件就越容易發生
不過一切都沒關係了
我牽著你的手
你攢著我的心房

也許你會是我生命史上
最美好的一場災難
當我用力的幻想
你的出現，你便墜落
在我的懷抱中
與我緊緊相擁

空空 / 王兆基

學生在牆壁的體內遊走
斜坡傾瀉籃球
消失的聲音

你在小息裡逡巡
課間，失去目標的球網
籃球架的陰影
總在更換站立的角度
學習處世，正如椅子
進入課室的空空
正如時間佈置好你

黃昏的野貓
沿著山坡順流而下
詩的步伐逡巡
操場的空空
你們是黑板無法觸摸的背後
打開教員室的抽屜
收拾課本的話語
收拾自己與空空

攜帶作業簿
登上巴士的你
無法離開牆壁的體內

黑板敞開一切空空
空空如也。思想的牆壁
仍在體內走動
一隻鳥像天空的粉筆
草書你的空白

完美症狀 / 傑狐

就這樣，擱下空白格在六十年代

方糖比較苦的那面是你
曾經約自己一起復診
像家國前面的花叢一樣
藥罐再擠一點的話
還能藏在何處，用文學
（留白的方式）
解決醫學的難題

就這樣，擱下空白格在答題紙

你曾準備的勇敢是那種
投入苦海，明知必沉的
血塊。和心跳一樣義無反顧
就像筆尖和眼睛只相距一格
依然挺進

就這樣，比我更像我
在偉、光、大的命題底
僥倖還有私處可以
剃空

沒有什麼 /離畢華

雲的家在
哪裡？蒲公英的
家在哪裡？
家在風裡的鳥
羽毛的家在哪裡？
落花、花筏、暗香
在哪個家裡？

走過心田的影子
絮語的篋盒
呦呦唱著歌的聲
響在荒地的肉體

影子沒有顏色
如何著墨
把筆擱在遠航的甲板
纜索鬆開
錨鍊收起

滿帆的船艙指涉
魚路的暗流
流蕩的星星
明滅在千尋海底

不歸的路上
什麼都沒有

寓言 /李文靜

傍晚，長著金角的母鹿來到我家
餐桌旁，凝視一些空杯子
呦呦，晴朗的鹿鳴
她長睫低垂，舔舐屋裏的陰影
好美，我舉起相機一如獵槍
射殺
這滿地的光斑

風過 / chamonix lin

耐心等候深化與雕琢
但持續辜負激情

靈魂層昇為星座
但日常生活用鐵絲串接

灑點荒涼
才能調配理智之味

他將默禱浸入寧靜
押注共時性
這虛妄儀式無疑賭徒習氣

但雙生之子
終究是不落地的楓
風過，留下赭紅色虛空

玻璃之城 / 伍政瑋

玻璃窗抄襲天空
抄襲雲和太陽
敗在顏色
把藍誤解成憂鬱

玻璃高樓抄襲天空
抄襲壯觀抄襲耀眼
披在細瘦筆直的身軀
敗在形狀
天空扭曲成碎裂的方塊
不完整的拼圖

玻璃屏幕抄襲天空
複製的顏色形狀完美無瑕
吸引眼珠
其實一切歸功於攝影機

攝影機是霸道的
抄襲眼珠
替代眼珠
從此眼珠都低垂
不再看天空

山居的人 / 賴相儒

這時日落的方向是西
但見你偏往東走去

我不過是戶山居裏的人
甚麼都沒有僅剩一把年邁的搖椅

追憶的方法可以很多
獨愛在一個有夢的亭午
睡下許多醒不過來的年輕

而今風滿車窗
乍似要飛起

當我瞿眼凝視
你彷彿是在這裏
卻又像是在
很遠很遠的那一遙

幹話 / 楚狂

不太應該
約略是某天
可能吧
某個人
或許
失去過　我不
有點
有點失望　得到過
再不改變
將會
將要
先喝口水假裝
你的話都說明白
說不明白
水面顫抖起來莫名　他們說
時代的悲劇性讓大家都錯失了自己
時代是廣場嗎
悲劇性屬於尼采
大家　大家說
大家都在說話自己就會不見
把那杯水放下　你說
你說你愛台灣
我說我愛你

空椅 / 王聖元

擺了兩張椅子
你坐在一張,另一張是
空的

「空椅法」,你說
還沒學會

這樣擺著
要如此,才能
像他們還在

你說,如當年的海風或
夕照
是這樣坐著談天或
什麼也沒說

卻已經療癒
「現在,必須說些什麼嗎?」
你說

椅子就是要這樣擺著
海風吹拂你
輕撫你們
夕照安慰你
擁抱你們

椅子就是要這樣擺著
你對空氣說話
對自己說話

你相信你們都聽見了

空 ｜ 主題詩

空主題詩攝影師簡介

劉寅生

1974年生於台灣,他現在以行為藝術家的身分遊走於國際行為藝術圈。在新冠疫情衝擊下,國際行為藝術影片呈現一波熱潮,他順著這個趨勢,以個人獨特的視角和手法,積極創作屬於他的行為影片作品。他的影片在過去三年中多次受到國際行為影片展的青睞與認可。

自高中時期,他便手握單眼相機,對於攝影有著深厚的情感。自2021年來每當有機會前往台南海邊,他總能以自己的觀點從大自然中捕捉到自己熱愛的畫面和主題。

個人作品網站:http://krafone.com

3.
我夢見自己成為一個擅長埋葬的母親

這是一座肋骨製成的監獄
窗簾長滿一張張陌生的臉
一個男人握著自己的心臟說世界於他是跳動無休的幻境
他是種子、他是火、他是自己的方舟

我們發動自己的羊水卻成為自己的空洞

4.
親愛的母親,請張開眼
這房間並非空無一人。我們能夠阻止自己成為一個棄嬰或一個
挽不回時代的女子

直到一支鋒利的肋骨突然刺穿床上一把
凋零的玫瑰

5.
穿上衣物。那些都是我們認真歸還的魔鬼
我們曾把一個個自己殺死,在完全墜落至現實以前
血知道那些痛與罪本該
只屬於誰

火散了一地。是的
我們回到自己的容器與空房之間
自己的骨與自己的肉

空房間 /連連

1.
「This is now bone of my bones
and flesh of my flesh;
she shall be called woman,
for she was taken out of man.」
——Genesis 2:23

他以手中高舉的肋骨嘗試刺穿我薄如蟬翼的青春
以神之名。
我俯首成為滅去毒性的蛇
萎縮了反抗的四肢
一輩子五彩斑斕的眼睛始於明辨善惡的果實

你笑了。吐信著一個女人被世界判罰的原罪
我們原來都是裸的
包裝以後亦是

2.
皮膚在凝視之下幻化無數血色的手掐著咽喉
撫摸過我的性徵

我們與生俱來的紋身是性別
然後是偏見

齋咖啡 / 無花

買一送一的促銷活動
最易招來尷尬的單身狗

獨自在杯子前討論
「我和杯子之間,誰是半空誰是半滿?」

前面對坐的男人有對坐的電腦
我堅信其中一對不是情侶關係

那個下午,我旁邊空著的位子,你說:
「曾經坐滿了人。」

和陰影成為朋友的人
並沒比齋咖啡來得黑

你也說:
「沒有人能單憑一隻眼睛看穿陰影。」

沉沒在嘴裡的半杯
聽在你耳裏的話已是鏤空抑或浮雕

空鏡 /律銘

夜,空鏡在運轉,他,還未到
會甚麼都不怕的年紀

街上,一張張臉,醞釀成人海
若不認識,就只能慢慢,融入

回憶,無法存取,厭惡
一切愚蠢和空洞,眼神

限制星球擴張,過份煩囂的
耳語,他在等一輪彎月劃過

夜空,嬰兒歸回地上行走
慾望未曾釋放,如何回家

到達,甚麼都怕的年紀,就算讓誰
捧著鏡頭亦無法,對焦。霧

掩蓋一匹海港。他,穿一雙紅色減價
山鞋,海旁緩跑,徐疾有致

綠色廣告燈箱,商廈之上
閃著:「承諾不變」

帆船未曾駛開,對岸,仍能遙遙
盼望。紅彎月,空鏡,嘗試對焦

超能力 /傅嘉正

想像自己獲得超能力
後背長出隱形羽翼，時而衝進雲層
佯裝成他們的一份子，竊取輕盈的生活；
時而風一般飛離腳下的故土
無需幾刻鐘，悄然抵達你所在的時區
送一封未署名的信入你的夢鄉
當一隻稱職的信鴿

聽聞入夢的能力極度罕見
我嘗試以迷失的文字為磚瓦，無痕虛構
一處陽光充沛、無有災厄的地方
這樣我才能放心遊蕩於夢土
埋下尚未成型的囈語，澆灌施肥
等它緩緩生長在你清澈的眼眸
凝集溫柔的形狀包裹彼此
不被外在的冷雨狂風侵襲

或者我能得到神賜的光速
閃電般朝過往前進，穿破光陰的覆膜
突破天際設下的極限
回到曾闇黑無光的空間
學習如何不對藍天說謊，仔細分辨
氣候的虛實，只求比雲朵更純白的世界
不曾因無知而產生龜裂，不曾
因地裂而誘發火山噴發

我耐心培養想像力成一種超能力
飛天或遁地僅靠彈指或書寫，讓我可以
私自逃離困住己身的城市，隨意掙脫
束縛思想的鐵鏈
反覆在憑空創造的不期而遇裡
張開我不堪的翅膀
預習向自己道別

手印 /陳思嫻

昨夜有雨,有雷,有光
洞穴入口一片泥濘
天未睜亮眼睛的清晨
夏娃赤腳,捧著大腹
(腹中的嬰孩正在游泳)
她用手沾滿泥水
在洞穴的凹凸岩壁奮力貼滿手印……

煮食的炊煙尚未升起,她深信
一支手印可以捕獲獾
一支手印可以攫住野灰兔的雙耳
一支手印可以撕裂猛瑪象的獸皮
狐狸狡獪越過草原,一支手印可以飛快拉住牠的尾巴

而亞當謹慎排列出門狩獵的石器
凝望著十指似乎顫動著的手印
接著垂首祝禱:請讓我滿載而歸。

一步一步背離洞穴
亞當早已知道黃昏時刻
當他踩著影子再次賦歸
將遠遠地傳來
失落的啼哭聲
日復一日,他終究能明白──
只有夏娃的淚水
才是亙古可信,永不枯竭的長河

貓，空 /漫漁

你在方格外踱步但怎樣都不
肯進入我設下的圈
套住一個故事一段回憶還是一場惡
夢中也許有鼠輩騷動也許有深
夜裡屋頂上的提琴手撥動幾根電線
桿下的地面無影無色無聲無味無無明

（我恨你腳下的肉墊因為我從來不知
道你來了還是沒來）

纜車早已離開但你我都沒搭上彼此的生
命中註定不停錯節錯結錯解錯接錯界錯
過潮的季節讓水晶貓眼蒙上迷
霧茫茫的窗玻璃有指爪留下印
記得遠處的風景總是無敵美
好到我們扔掉眼耳鼻舌身

意外通常不過是一杯茶的功夫加
上升起的種種好的不好的念
想你時我把杯中的白毫澆地企圖畫
出口是不再輪迴的對岸

（嘗試說服自己不要留戀下一秒因
為你已不是你）

我一直等到遠方突起的稜線輪廓變
深陷在自己的圈套裡糾
纏繞禪繞顫繞饞繞懺繞
過去現在未來根本不在記憶容量裡

（五蘊皆空空空空空空……）

你在局外
輕輕留下了爪印（？）

秤 / 歐筱佩

微弱的聲音是清澈的
掉下的訊號是第一次長成
最後一場收割，曬乾人群裏
交會
以前的時間等待的還是時間
削減已然的旅途，確信
我，與我毫無瓜葛
方能專注流動
如衣衫和身體　各自解開層層
仆落與起立

挨過來的微塵　鬆開了火焰
毛髮清醒中甦醒過來
流放過去的遠方　湍流
汗水安靜地活著
離開

穴 /澤榆

我付費。以進入不同的洞穴。或鬆或緊的空間，包覆我。彷彿這樣，才易得一種短暫的滿。

空虛總點燃我，我捧著一盆火，火舌微微顫抖。涉過水灘，蛻下，為人的偽裝。我們在壁上勾勒，天地結合的儀式。甚至，畫出了未來和末日。

火，影子，明滅的舞蹈。一幕幕跳進身體。「噓，」你說，「有神在，窺視。」「哈，」我笑了，「像極了詩人，反覆重讀自己的作品。」反覆確認雙手仍飽足，我又換了個姿勢。

神就愛藉凡人之手口，洩漏天機。啊，都只是在演戲。突然，電閃雷鳴。

出來後。點點出了神。開始發現我的思念失去了對象。天空，萬里無雲。

日記 /林宗毅

清晨，一如往常起身把自己扯開，裸身進行盥洗。彎腰拿一支耙子深入喉嚨，避開舊的傷痕把五臟六腑刮出，一一陳列在白色磁磚上，每塊臟器都有相對應的位置。

先拿起肝臟檢查外觀有無完好，再用沉默擰乾，擠出昨夜斷片的酒精，完成後放置在一旁。再拿起肺臟檢查外觀有無完好，把殘留在肺泡的尼古丁，用擠痘痘的方式擠出，這是一個耗時的過程——歷經整個青春期把曾長在臉上的煩惱一一擠出再以落葉沓合的方式撫平那些傷疤的時間。完成後放置在一旁，此時肝臟差不多乾了，但我依舊得按照程序，檢查下一個器官。

今天又加班了，到家後忘了晾在浴室的臟器便著急出門，回家後才又想起。浴室多了一團腐爛如醉於夜色的死烏鴉散發著惡臭，看著月中倒影婆娑我心想，半晌後便被沙啞的陽光叫醒。

清晨，一如往常起身把自己扯開，裸身進行盥洗。我忍住惡臭，屏氣，彎腰拿起一支耙子。

「他們（they）到底是誰？」
「我也不確定……有可能是眾數」
「但」
「他們（they），也可能是一個人」

多麼適合置身事外的一個年代啊
當一些人舉步維艱地掙扎浮沉
就有些人正研究如何突破對摺十三次的極限
（科學家說摺到第四十二次就能登月了！）
（那裡會有吳剛和他的樹嗎？）
（據說星星抵達視界時已是千年前的殘像呢）
（到時候還能看到吳剛嗎）
（那時候他還是得繼續砍樹吧）
（噢專注的男人真帥）

大家不謀而合為了約定的八點十五分而抵達
於八點零五分乃至於後來的人都成了遲到的人
我呢因為隸屬我們（we）也姑且算作準時
但是我們到底是為了甚麼而到達呢無人知曉
但是在狀況不明的前提下帷幕已驟然掀開
身穿骨挺禮服的歌手肅然高唱
所有觀眾都貌似陶醉沒有發現鼓掌聲都提早了兩秒
等到我察覺到的那個瞬間我竟已淚流滿面
在滿場虛席的第五次元裡
我絞痛的心跳告訴我
「你正是為此而來」

我們到底是為了甚麼呢無人知曉 /凌甩

當月曆已然定格在某個滑牙的昨日
我就必須更為了明天而當機立斷
在今天的日記滿寫前率先翻頁
是為了對守株待兔的那人使出金蟬脫殼
為了他
不得不領悟到那些
他們叫做（so called）痛心疾首的

「你知道嗎最可憎的罪過往往只是太趨近完美
以至於僅動搖方寸
便從零變成了負三百五十九點九」
那封待被投寄的信件上我如此寫道
　（你是隻僅為了磨牙而終日啃噬的溝渠老鼠
　在自投羅網的剎那間忽然明白──）

比起試圖填補誰空洞（void）的靈魂倒不如大隱隱於泛泛而談間乃將自己易破
的身體狠狠折疊整整四十二次然後乾乾巴巴生吞掉

──那封寫給你（you）的，

我知道你也一樣痛恨長成了根錯位眉毛的命運
納蒂耶（Nadie），我知道
那惴惴不安的表情
放心吧納蒂耶我是你右邊那顆安靜的小毛球
放心吧他們（they）不會把我們逐一挑走的他們充其量
將毛衣整件換掉

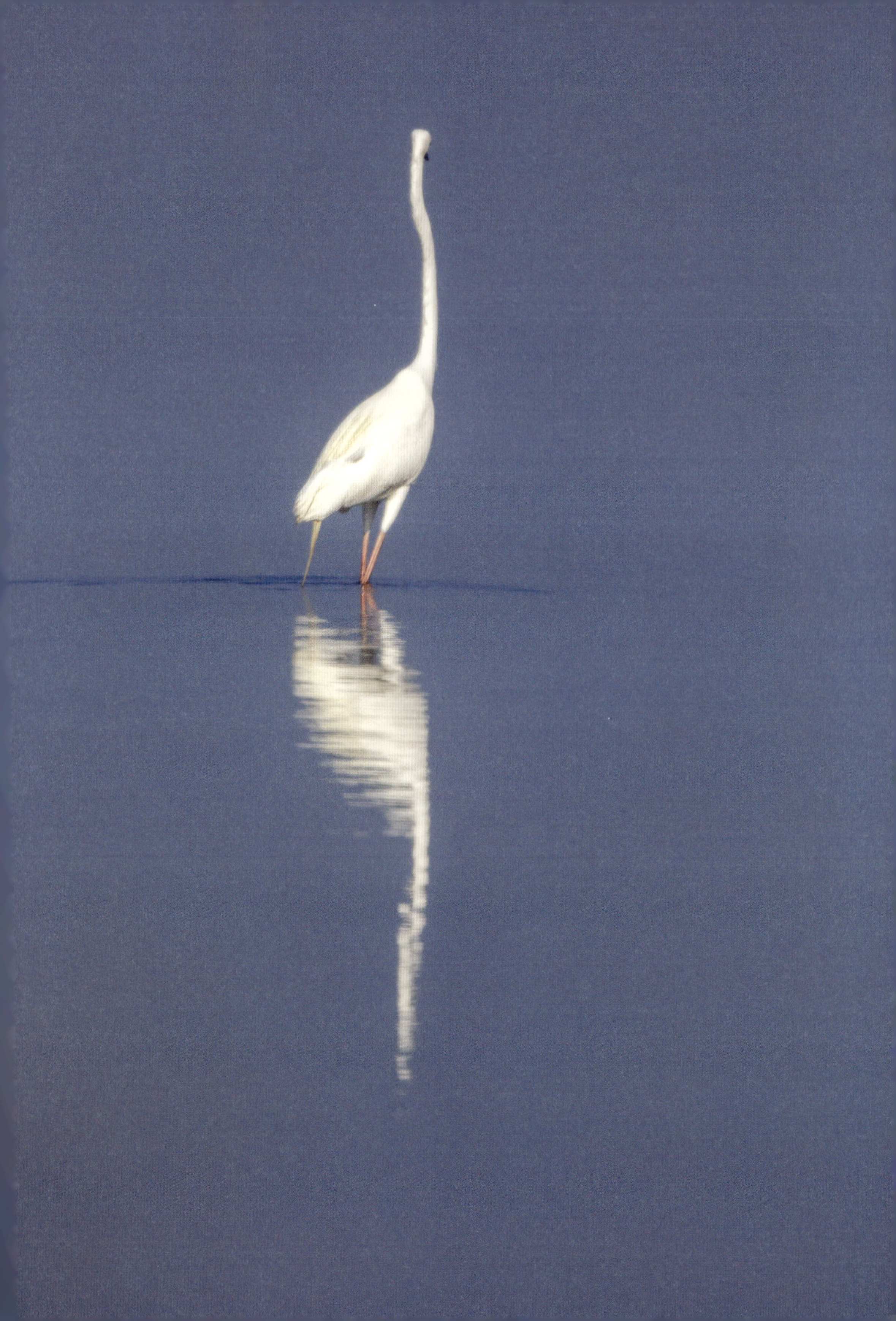

空 主題詩

地 ｜ 主題詩

土 / 紅紅

喜愛棲息在土裡
這裡和某個地方的質地很像：鬆軟，埋覆一切
堅實，承載所有。

我是隻蚯蚓
他餵食著我言語荒草混攪而成的食物
一邊栽植色彩濃豔的花
我咀嚼他雜食性的甜
排積著嫉妒與痛楚

日子是覆轍的輪
壓過我、後退、再輾過一回
身體每被截斷一次便再生出
另一個。低等生物的頑強使我存活
一次次進化長出變異的樣子

他捧起我產量愈加豐沛的排遺
滿意地說：多珍貴啊！這些糞
都是創作的養分

這天，我鑽進他的左胸
挖出一顆紫紅色莖菜。剝開層層瓣瓣
肥厚的鱗葉裡面卻仍是紮實的葉片

我流淚了，原來，我的愛情是沃土
種植著他嗜辛貪辣的欲
和始終缺席的心

中年大叔的自畫詩 /蓬蒿

沉默黏連成泥塊
碰撞、拼接、互噬出大地
吸納風
吸納雨
吸納雷電
吸納淚水
吸納氣惱的跺腳
吸納凡俗的體重
成為更廣袤的受想行識

身軀越來越厚越來越重
時代越來越輕
日月越來越快
速度將地表的皺紋撫平
青苔、籐蔓、樹根、枯葉
高山低谷
大地痠痛如我筋骨

城市、欲望、及影與影沉積
情緒凝結為岩石
被壓力輾成寶鑽
其光被禁錮於地心
但大地平坦依舊躺平依舊
每天成為萬物根基

保護區 / 姚于玲

起初,任由你
踩踏我的身上的青春之土
貪圖一陣風的爽朗
由你代收膚上與天氣交織的舞曲
當時我正需要一雙手的溫柔和督促
引領夢的綿羊安心遷徙

無意培育命運的貪婪和野心
你將我從破口裡冒險播種的生活
和它們長出的光明
放肆收割
再將滿袋滿袋成熟或青澀的思情果子
從一個鄉
丟棄至另一個我叫不出地名的部落
留下一地孱弱的枯葉等我苦尋
我幾乎遺失所有過去說過的重要對白
辨識它們的尾音的能力
像個失控的匪徒
你不惜誘騙嗜光如命的陰影逃離我的記憶體
讓它們在我僅有的日子裡
失血昏迷

我怒吼
我的身軀我的神靈我的土地
我苦行敲打挖掘的裂痕與洞穴
我滴答滴答沖刷的河床掩蓋的水跡
我破碎悲痛抖落沙石築起的高山與不惜淪陷
淤泥填補的平地
是我的
我的時光管轄區
我無法受辱
失去孕育皺紋的方向和繁殖詩意的權利
與餵養一切有關它哭笑的命題

歲月是我在身上敞開的大地
埋下我
重重疊疊一生
的自答題
不由你
破壞
占侵

藍色大象 /洪春峰

冬天，一半的鳥消失
彷彿瘟疫來過去過逗留
許久，一隻麻雀呼朋引伴
傘下的黑幫，跳躍，覓食
抬望眼，天空依然，夜景已三分

輕輕的發亮，街邊守護神
光芒在太陽落下前接受
命運的轉圜，窗簾見證
街燈同時亮起，輕巧的天牛
從樹洞爬出，如一個隱喻浮現

於城市的地鐵，在尋找地獄
我一個人讀取眼前人臉上的道德
或者神，信仰或背叛，急切地
在尋找地獄及其定義，車廂門打開
從眼前的彼岸過渡，向我而來

我關閉詩一般的感官……
觸擊現實的琴鍵，另一半鳥浮現
他們成就了某種一，規律，秩序
「像精嚴的文字，舞蹈於樹梢天線
旋即失卻，一開始駐足的理由」
他們是許多的一，失散，回原點

在花香公園旁的廣場，我走過
噴泉與資本主義，我望著頭頂
繁盛椰林，我的腳尖是圓心

再次旋轉，以離心之力
縱使鞭長莫及，我內心的藍色大象
泛出金光，他渡過乳白之河
悠然跋涉，我眼前的藍色大象

我見到野馬與樹叢，你見到我
「天堂是我錯過的地獄嗎？」
你對我訴說，我試圖低頭回應
「天堂是我錯過的你。」

在字句終結之處，沒有麻雀與光
你須回到最初，如一則譯電的前世
在夜色七分的時候，閉上眼
思想河邊那一頭藍色的大象

妳說這塊土地很假 / 王晉恆

預言：
  那刻天火流瀉，褫奪
  這座城市的一切繁華
  倖存的人們用磊磊的石頭
  堆砌重構昔日的印象廢墟

當初妳托付靈魂與我神交
就像清風投抱聖城時那般勇敢
漫長時光右蜇進入後巷
不為人知的小樓有奇幻森林
瀰漫原始獸性的野蠻醇香

惴惴不安衍生神秘傳說
傳說滋養不可忤逆的禁忌
廣場一棵被詛咒的醜樹
迎風而立，沐浴唾沫如雨
樹皮封印異鄉魂
仍犯鄉愁，為了當年不小心
瞥見當地女子的一根黑髮

街市售賣的瓷娃娃美麗而易碎
除了將它染指的早春釉色
閒雜人等只能遠觀
這裡禁賣廉價的人間花酒
神馬丸和綠草瓊漿卻
壟斷慾望市場

浮沉在流動的天河
白雲是每一座塔尖的企圖
為更接近天界
所有橋梁都彎曲朝上

那日約會的野徑再往深走
妳將撞見聖城的萬年傷口
千仞以下是罪惡之城
隨陶石急速下墜的遺址
所有污穢於此深埋，地獄之花遍開
不死的愛浪洶湧漫延

神明包裹我們以耽美畫皮
面具披風不耐久戴
昨日的謊言未及消化
原諒我不能對妳裸裎相見
就像這座城市終年陰風怒號陰翳沉沉
為所有刺目的黑白遮羞——
瑩白如初戀情人許諾的山盟海誓
黧黑，山火紅艷回旋過境
我們曾經放歌，如今貧瘠的焦土

妳透射真相的灼灼目光
是天國投擲的精緻流刑
空幻萬象臨近毀滅的壯麗時刻
虛偽的懺悔者才終於半跪告解
參透天神與妳為何重復訓誡：
  「聖潔的誓言不容半點欺騙」

我不能和你談論 [1]　/ 離喚

我不能和你談論詩藝
可我也不能帶你去廣袤的田野。
我所熟悉的山巒
早已爬滿了屋舍，[2]
我所見到的林木與草坪
也都是在柏油道路
石磚道路；
遠方河床採來的卵石道路
之餘
單純為了景觀的緣故
刻意栽種的。

我不能和你談論詩藝
也不能去到廣袤的田野：
那裡遙遠
我沒有前去的旅費，
我得在城市裡呼吸廢氣
晝夜上工
盼望在某個假期
可以抽出身來，邁開腳步
去領略春風
如何溫柔的吹拂大地

（並且被城市一次次的玷汙
變得黏濁）

我不能和你談論廣袤的田野
更不能談論詩藝；
因為我不知道
我那雙被廢氣遮蔽
被廢氣刺傷的眼瞳，
還能不能讀懂裡面有著一片片稻田
一群群農人的
的那些美好的詩

註：

[1] 本詩許多意象來自吳晟〈我不和你談論〉，如河、稻田與農人。第二段末兩句係照引。居都市逾廿年的我無從選擇要和你談論甚麼，我只知道我不能談論的事情太多太多，這個世界距離吳晟先生的夢還很遠很遠。

[2] 我幼年曾住新店安坑山腰，屋後便是一塊菜園，再過去是整片的山林。現在那片山林也要被樓房給全面攻佔了。

死之生 / chamonix lin

六呎下的謎隨腦內風景悠然換季
夜風吹拂黑人抬棺跳舞
近來
他們呼喚我進來

月光剝落身體的漆
愛也有極限
疼痛咧嘴而笑
我嘗試整復乾燥的意象

空虛是變動裡恆常的風景
等待進駐，或觸摸疲倦
往事的斑痕若顯得光滑
必是桐油協助掩飾
銅扣或金鎖警幻地銜接在冬雪謝幕之後

某些橫逆直矗在解碼的黑暗花園
現在，是過去演奏的切分音
逸樂的手指堅持彈錯段落
貝斯線噴發眷戀
詞曲共同頑抗氧化

某些人生從間奏開始哀傷
思維或拍速都像流浪
蹣跚坐進長凳
妄想潑墨天空但油漆未乾
每盞燈都是疲倦的理由

緩緩握住那環光
氣息繫於整點的脈動
寂靜無垠而沉埋於土
遂迎接完整的生長
與凋零

雄火與雌器　/澤榆

循著鳥鳴，男子蛇形於歷史的窄巷
轉角處，苟合的磚、制式的牆
開口，誘引著他——深入

用貪婪手指去挑逗裂縫
他被吞噬，還原成坯
硬挺千年的蛇頭，癱軟，任憑揉捏
「再擠壓下去！」以時光的力道
旋轉，於恥骨交匯處形成凹陷
這件皿，破開與盛滿，無數第一滴血
胸前從此蓋上兩碗飽滿的慾

他——不，它已被每一個時代的手
輪流撫摸、插入，後削薄
只為貼合每一個時代的她尊嚴的厚度
換位，下垂，她在孔穴裡爬行
另一頭，依稀聽見前後百年的灼燒
於暗夜，被提煉出各種輪廓

慢慢習慣被拿捏成最乖巧的形狀
卻總能留下一兩片最剛烈的碎
攜於靈魂，不斷轉世

某世，被塞入窯子
她終於學會裹上最自由的釉色
那瓷器裂得剛好
卻始終維持外型，不去破碎
那些蜿蜒美麗的縫是她們
累世的拼湊，燒得正紅

與火蛇博弈，需要等待
且讓煙霧瀰漫一陣
風雨，終會冷卻成首首炭熄的歌：
「不止是誰的一根肋骨吧，我們
　不過同為天地間的一灘，黏土。」

房事 / 林瑞麟

真好
那面廣告是這樣寫的：
「自地自建，舒適清幽
稀有雙併，附裝潢
一卡皮箱就可進住。」

真好
那面廣告拔地而起
以帆布輸出
招搖地掛在蛋黃區的三叉路口
上面有位女郎
飽滿半露的乳房
有一行字：「歡迎成為主人」
隨風柔軟

真的嗎？
我看著，忽然覺得疲憊
有一種躺下來的渴望
像我這樣撿字維生的行者
踏查過許多風土
行囊裡裝滿尚未兌現的詩句
可不可以入住呢？

後花園 /陳毅

那個被我稱為爸爸的
男人，總是躲在
他的後花園

他把什麼都留在那
慢慢出汗的礦泉水
眼睛被塗鴉的選舉布條
還有某隻白狗
早在多年前老去。

我常想找個
不這麼夏天的日子
跑去表現得像個
能被拍照打卡的樹木
但他總會在
我接近門口的時候
把鬍子長出來

他擁有更多雜草
長大過程中
我的也學會
冒出幾根。

南瓜旁掛著幾根冰棒
旁邊的玩具慶祝盛開
豐收的季節
花園裡，蠟筆正看著卡通

我找也找不到
那個叫爸爸的男人
直到那個頭銜是兒子的
男孩，跑向我這邊

從這一天起
這就成為
我的後花園

溝仔尾 /吳旻育

*位於花蓮自由街周邊，因位於大排水溝尾端而得名。
近年為花蓮縣政府規劃為「日出香榭大道」。

山有點近，海也是
於是你戴起眼鏡
讓老花如絮
壯年一吹
還有殘燭留下
一根兩根

一年兩年
漸漸分不出之間的差別
只是你依然有小小的
市井般的不明白
到底還要多久
才能失去難堪的記憶
也不覺得可惜

太陽來了又走
有人在離地平線比較近的地方
宣稱自己擁有
一條水流的姓名

行遊 /離畢華

在脊背上行走的
除了上帝的衣裳,還有
神的珍珠
和我

有烈火在田裡焚燒槍決者的衣褲
那些槍桿建立起一團團篝火
判決書是華廈的壁紙,廣阡間
歌啊舞啊,狂飲異議的血
吐出骨頭給搖尾乞憐的狗
搖尾乞憐的狗對著自己狺狺作吠

一代疊著一代又一代,窩居在
十二坪的地,這塊地會長出稻或稗
十二坪的天無法再高
再高一吋,我便能高飛,越過

河流蜿蜒流過眼睛
倒映親水河岸歡聲誇張如矯飾的
一首詩
詩體紀載繁華盛世的如何如何
支流流向太平洋和海峽
一葉一舟載不動許多愁

盛開的高山杜鵑、一路鉤攔的刺莓
衰頹的菅芒、堅如石碑白化鐵杉

我在3,952的山脊
高歌心中的狂風暴雨

離線地圖 /伍政瑋

塵埃之間
我在風的直線中
是散了又聚的粉末
分不清
我的形狀

為了昇華渺小
先把所有的衛星訊號
用脈搏代替
把鍵盤背後潛伏的文字
重組成離線地圖
沒有導航系統
不再被監視的腳印
呼吸著土壤的蓬鬆
沒有自動校正
不再被壓縮的文字
尋覓詩的心臟

飄離了趨勢線
變成離群值
地圖皺摺,成天
我跋涉,成星座
擁有了形狀
微微發光

地 ｜ 主題詩

地主題詩攝影師簡介

David Su

從小就喜歡視覺上的美感體驗，研究所時買了第一台單眼相機就沉迷至今。

歷經金融、航空、軟體、製藥等產業，目前經營著自己的顧問公司。

除了旅行、模型、與家人朋友相聚，最喜歡躲在自己的角落閱讀與思考。

David 的頻道
大衛的實驗室

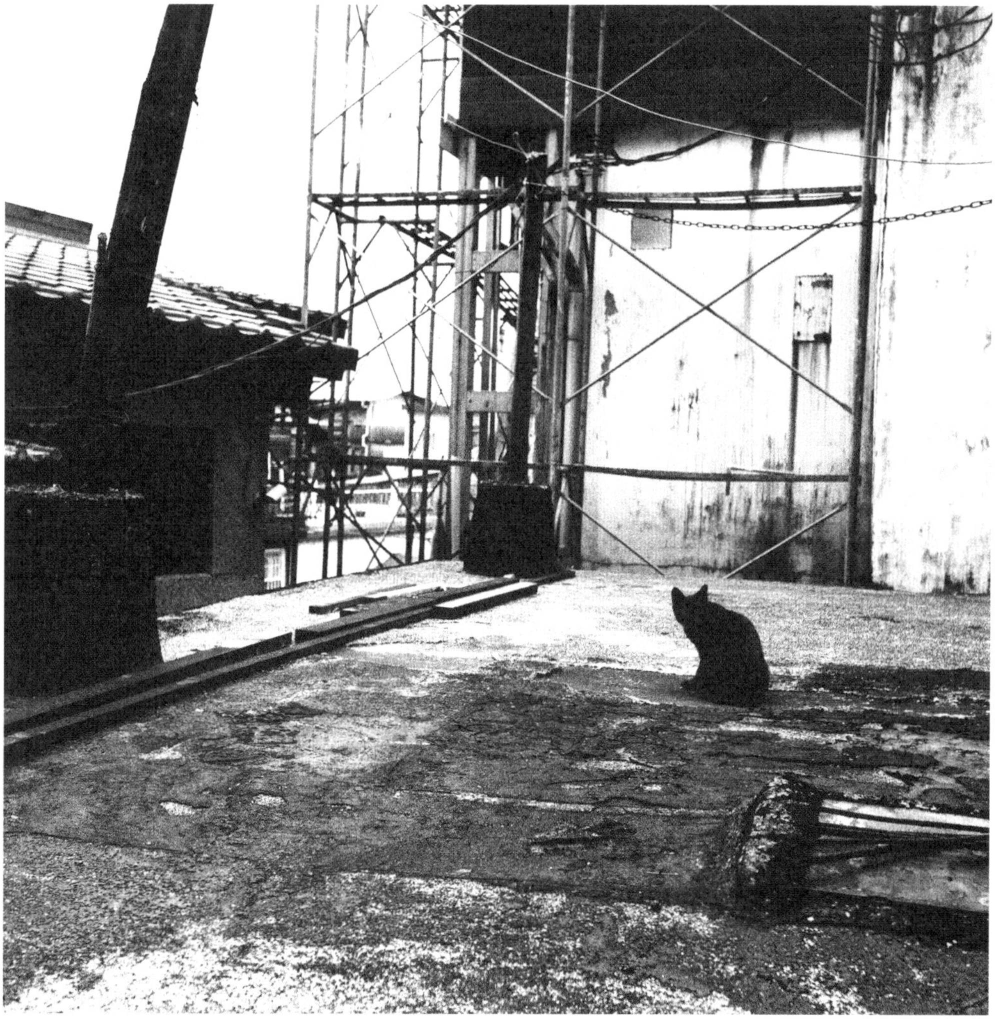

理想　/伍政瑋

溝渠蓋吞下一天的
腳印與輪胎
使命──
填補路的千瘡百孔

每晚望著破舊的夜空
無數的星光從洞孔
無辜滴漏
恨不得也把天空補上

地磁效應 /無花

我們談論天空，確認織女星座位置、不明飛物
你是發生意外的小灰人

我們接著談論土壤、地下水污染，各類蟲害
你是噴曬在我身上的農藥

擁抱、接吻，五指交扣心頭那隻埃及貓
每日寵你所需支付的基本消費

愛與恨鎖在地球兩極
積存相吸相斥的磁力

若旁人不是太陽風，我們既不是
危險的帶電高能粒子

磁暴發生時我們亦不是
彼此的天象，命定的物理學家

信我！讓愛永居高緯度區域
讓後人嫉妒成一道炫目極光

地 | 主題詩

亙古的諦聽 /浮海

還記得
第一支火把扔落的灼熱
還記得
來自鴿子的第一次親吻，以及
用枯葉綉造的第一幅紋身

那些遠古的夜晚
影子仍在肅穆
風聲依然魯莽
我還在等待
扶桑的第一抹金曦

直至異常的灼熱再度碰觸
你的雙腿過於柔軟
我得將皮膚
加以液化
才足以盛載你的童年

還記得仰望龐大身影的一刻
就在你舉目看天的時候
你腳掌上的紋路
竟與樹根纏綿的脈絡相襯

然而還記得
你說我變得沉默了的瞬間
那些被時間遺棄的塵埃
迷路所以狂歡作樂的影子
你的武裝
也逐一投射在我的身上

於是那些
啜飲第一道朝霞的坑洞
迴蕩在空心樹裡的第一聲祈願
長滿爬藤的昨日和明天
已甘願在柏油的氣息裡
等待風乾

還記得
每遍午夜的諦聽
那時你的腳步總特別深情
即使海洋已經固化

也還記得
被你晝夜的腳步所形塑的路
那是我最後的承諾

六尺之下 /漫漁

那些種子　　你曾經親手捧著
而今它們和你一起睡在這土層中
如此親近
（我的心跳留在遙遠的國度，無聲）

你們的皮層一起鬆動，分解，腐化
一起成為春天的消息
或者冬日的枯朽
（我獨自美麗　　如塑膠花瓣）

昨夜的一場冷雨
滲透了些許往事
今晨起來我決定除去鞋襪
讓赤裸的腳底告解
（企圖融化彷彿有幾個世紀的冰涼）

你以沉默回應。

那些長成的枝幹，偶爾
落下一片樹葉，溫柔地
滑過我的鼻尖
蓋住某個石刻的字詞
如此也蓋住了憂傷

沒等午後的陽光曬乾過往
就離開
把沾滿泥土的心事留給這地
把永遠解不開的我們
留給自己

地下情人　/優妮

你終於捎來訊息
在我準備破土的
前一秒

土石在我的刨掘下鬆動
你是不是
也會害怕地基不穩，趕緊地
用蜜糖灌入弭平

總是那樣
一塵不染，我的灰頭土臉
沾不上一絲一毫
我甘願做地下情人，受你操縱
我喜歡風的飛揚　你是知道的
我喜歡光的熱烈　你是知道的
我的剩餘被葬在地底
請不要想起我

有一個盜墓者路過
鏟起了我（實質意義上的）
支離破碎

你試圖用食指與食指夾擊，把我拼回去
拼回　最後一個，我們相遇的
春天

無常集 /宇正

時光面見兩個無常在世事搖晃的誦念中
分披一黑一白
從人間起身

方言是他們煙中乍隱乍現的火
人與神邊界
關於虔誠的另一種綿長呼吸

青光與紅舌穿過狹長門廊
口邊的香菸落下人間無邊無盡的灰
黑與白天秤般站在
人的兩肩
各添一筆生之喜悅與死之憂愁
象形成來回吐信的
火

「之間所有皆是過渡！」
皮囊的病態與無聲的老去將鐘聲凝成一把故鄉的
土
種出距離與算盤，金銀紙與病的替身
時間相繼咳出記憶
我們圈養白鴿

──無妄之地，整個閻羅殿撲我而來
　　人本無常。時間有符

失聯的乘客 /歐筱佩

大地是幽靈的出口
他們攀岩裂口　如站在大地的唇角
等待同伴們放哨
來交換彼此的籌碼

交換彼此的什麼籌碼
一匹故事　一個場景
一間房　一個人

我們是大地的乘客
路經每個曲折的縫
播種新的高架橋
看它坍塌　再生長

碎石長鋪的每一寸
擁擠的面向落盡的陽光
寂靜的統治
我們皆攜帶
一盞盞燈

燈是與唇相依的白齒
按著年齡乘以
過去的
現在的
什麼都可以
直到以後長眠這冗長的炎夏

跌落於塵我們最後的一盞
便是自己的
　　　　不速之客

雨水之後是驚蟄 /胡青

半夜兩點還是被驚醒
我在泥土裡
隔壁房間的人們
春天雷聲

想起學長把他養的蜥蜴取名叫做學妹
學妹死了
我們把學妹埋進土裡
然後笑然後泥土好像自己從沒有過的
是啊泥土就可以這樣拋棄的
有時候你也可以把植物取名叫學妹
植物很神奇，把頭砍了，插進去
噢這還不是現象學是園藝
又有新的根，又活了，然後長出蜥蜴
或者長出一些隱喻
生活就像是學妹
死了還可以挖出新的

雨後泥土的氣味潮濕旖旎
彷彿你學過一些的有機
裡面爛的不過微生物
共生藻二聚體四聚體暗反應葉黃素葉綠素
它們壞得不能再壞了
旋轉成一些不知道的碼關於它們並沒有詩意
也想在春天裡寫一些遠方風或者騷或者無聊
只是隔壁房間的人還在做愛，聲音延續
詩也只能無奈　的勃起

仿生花的夢 /瀞山

我沒有到達到那個地方。
像瘤一樣腿然後手然後魂無錯落地增生；在沒有任何事情發生的場所，名為現在的場所，一尊無肌肉的細胞團直立蠢動無為，因為沒有能枯萎的花連死亡也不能選擇。
我發著夢。偷走細胞的靈敏，感知已經絕種的泥土。
氮、磷、水游離攀爬注滿流瀉的仿生莖，根部汩汩、嗞嗞將塵水徙到枝椏。
電路板跳著一片仿鱗芽。
我跌落、如飛燈跌落，如飛燈流梳，白日，的夢，有人
拔掉、捏碎、嚙咬、煲煮、祭祀、禱告，莖變態。有冠懸絲狀若微粉的泥土生出，
月牙紅黑，黃萼，滄藍，生殖森林。
凡塵，
根與凡塵在林，
在繁殖中　熱
吻，濡沫經過的蟲、節肢、泥盤紀、一切驚蟄
太始的泥，
每粒也有一株仿生花在夢想
光暈的厚度天空的衰變
我的萎縮——不能
成為大地不能
抱住，
萬有拍來的群震
退潮成沒有海的水在這未來城市我
張開閉合

路上 /靈歌

從深根中拔起與
被拔起
都是,流離

我們都想
把對方留下
像塊莖,冬眠時的糧倉
不再氣根的飛揚

在一條打了結
又解開的長長路上
風經過所有的搖晃
只為了塗鴉
無法表達的話

我們都曾
被珍視的人遺忘
有時解開
是無形的綁住

距離漸漸安靜
為了轉身
去眺望更瑰麗的遠景

如果不再回頭
風揚起的塵埃
只是想將土地拉高
成為無法回頭的山丘

我們不再
在所有的倒影中
看見彼此
一條清澈的河
或一條煙塵四起的路

娃娃國王 /陳思嫻

——2022年烏俄戰爭爆發，烏克蘭人民紛紛逃往波蘭，一名小男孩獨自拎著布偶，離開向日葵國花綻放的國度，哭聲響徹邊境。

松鼠揹著堅果從窗縫逃進屋內
打翻了晚餐桌上的綠羅宋湯
爸爸咬著黑麥麵包匆匆換上軍裝
隨手捻熄肩上幾顆星星
直到你長高之前　天色不再透亮

雨雪紛紛，你扮起娃娃國的國王
金髮藍眼睛，長長的鬍鬚流向聶伯河
緊急調度奶聲奶氣的娃娃兵
命令他們踢正步
前往噠噠噠噠的槍聲

跨上庭院的竹耙
你騎馬出皇宮
籬笆是城門，小水溝恍若護城河
鼓漲著口袋那滿滿的玉米粒
是臣民奉獻的金幣
明年？或者，不知道會是在哪一個
早已走失的雨水豐沛的春天呀
國王的權杖
才能夠從山毛櫸森林生長出來

你一抽一抽吸著鼻水，昂首踏步
靴子踢起塵土篤篤有聲
巡視驚得亂竄的小狗，泥濘的麥田，
打哆嗦的空氣，摔落自枝椏頂端的雛鳥……

煙硝瀰漫，小手用力推開那堆霧
排排站的布偶列隊迎接你
你欽點小熊熊成為親信，伴你一起——
想念媽媽烤的紅腸，壓縮的肉凍，
每晚用雲團為你鋪柔軟的夢

鄰國的國王總是炫耀自己換上漂亮新衣
只有你看見他赤裸著身體
你沉默地闔上腦袋瓜裡的童話書
睡前，將向日葵花籽
種在淚眼
通往隸屬娃娃國的
金黃色土地以及連綿的山脈

地　主題詩

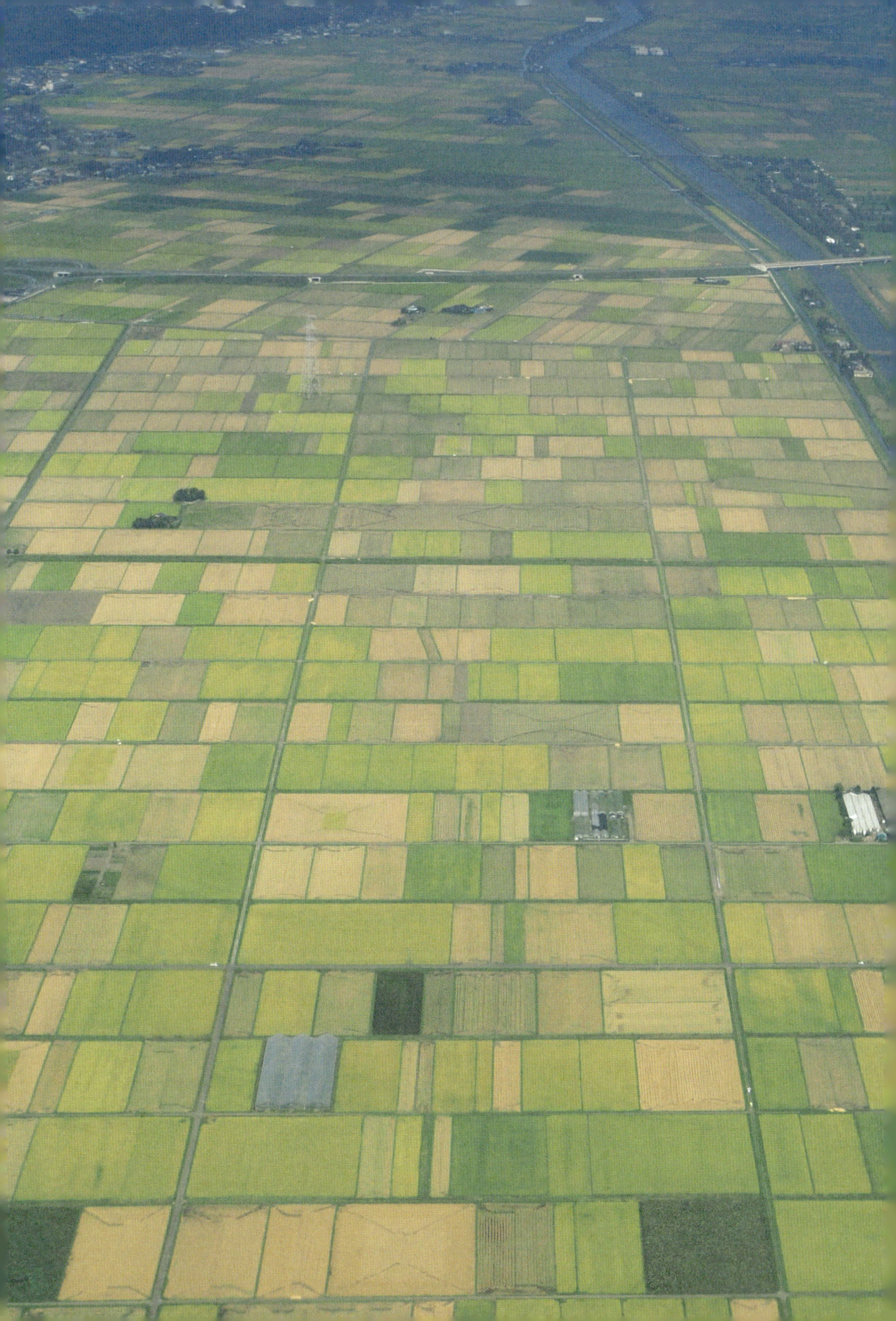

之間 主題詩

01 在兩場颱風之間 / 李曼旎　　　　　66
02 償詩 / 2N　　　　　　　　　　　　67
03 貓眼 / 賴相儒　　　　　　　　　　68
04 鏡子 / 柏森　　　　　　　　　　　69
05 加油站 / 無花　　　　　　　　　　70
06 請留意月台空隙 / 浮海　　　　　　71
07 擬完美主義者 / 秀實　　　　　　　72
08 我類 / 雨曦　　　　　　　　　　　73
09 天光對慈鯛及鮪魚同樣公正 / 蓬蒿　74
10 距離 / 林宗毅　　　　　　　　　　75
之間 主題詩攝影師簡介　　　　　　　77
11 夢遊記 / 宇正　　　　　　　　　　78
12 在新加坡趕一群羊 / 王崢　　　　　80
13 倒錯 / 月見子　　　　　　　　　　82
14 海天（不成）一線 / 傅嘉正　　　　83
15 磅巷 / 萍凡人　　　　　　　　　　84
16 徒手 / 陽子　　　　　　　　　　　85
17 擁抱 / 紅紅　　　　　　　　　　　86
18 某一天 / 瀞山　　　　　　　　　　87
19 午睡前的五分十八秒 / 瀞山　　　　88
20 前夜祭 / 瀞山　　　　　　　　　　89

身體自主 主題詩

01 天體會議 / 王兆基　　　　　　　　92
02 除濕 / 賴相儒　　　　　　　　　　93
03 乾女兒 / 羊齒蕨　　　　　　　　　94
04 怪罪 / 離喚　　　　　　　　　　　95
05 半透明的肉身仍在行走 / 驚雷　　　96
06 慰 / 語凡　　　　　　　　　　　　97
07 乾淨了 / 無花　　　　　　　　　　98
08 女，身 / 火星喵　　　　　　　　　99
09 我也是雨 / 紅紅　　　　　　　　　100
10 迷途 / 漫漁　　　　　　　　　　　101
11 我們的定義 / 漫漁　　　　　　　　102
12 論依附 / 陳家朗　　　　　　　　　104
13 延伸記憶 / 語凡　　　　　　　　　106
14 加拉萬德 / 建德　　　　　　　　　107

【作者簡介及社交平台，請參考各期電子刊】

目次

關於發刊詞　　　　　　　　03

輯壹：主題詩

地 主題詩

01 娃娃國王 / 陳思嫻　　　　08
02 路上 / 靈歌　　　　　　　09
03 仿生花的夢 / 瀞山　　　　10
04 雨水之後是驚蟄 / 胡青　　11
05 失聯的乘客 / 歐筱佩　　　12
06 無常集 / 宇正　　　　　　13
07 地下情人 / 優妮　　　　　14
08 六尺之下 / 漫漁　　　　　15
09 亙古的諦聽 / 浮海　　　　16
10 地磁效應 / 無花　　　　　18
11 理想 / 伍政瑋　　　　　　19
地 主題詩攝影師簡介　　　　21
12 離線地圖 / 伍政瑋　　　　22
13 行遊 / 離畢華　　　　　　23
14 溝仔尾 / 吳旻育　　　　　24
15 後花園 / 陳毅　　　　　　25
16 房事 / 林瑞麟　　　　　　26
17 雄火與雌器 / 澤榆　　　　27
18 死之生 / chamonix lin　　 28
19 我不能和你談論 / 離喚　　29
20 妳說這塊土地很假 / 王晉恆 30
21 藍色大象 / 洪春峰　　　　31
22 保護區 / 姚于玲　　　　　32
23 中年大叔的自畫詩 / 蓬蒿　33
24 土 / 紅紅　　　　　　　　34

空 主題詩

01 我們到底是為了甚麼呢無人知曉 / 凌甩　38
02 日記 / 林宗毅　　　　　　40
03 穴 / 澤榆　　　　　　　　41
04 秳 / 歐筱佩　　　　　　　42
05 貓，空 / 漫漁　　　　　　43
06 手印 / 陳思嫻　　　　　　44
07 超能力 / 傅嘉正　　　　　45
08 空鏡 / 律銘　　　　　　　46
09 齋咖啡 / 無花　　　　　　47
10 空房間 / 連連　　　　　　48
空 主題詩攝影師簡介　　　　50
11 空椅 / 王聖元　　　　　　52
12 幹話 / 楚狂　　　　　　　53
13 山居的人 / 賴相儒　　　　54
14 玻璃之城 / 伍政瑋　　　　55
15 風過 / chamonix lin　　　 56
16 寓言 / 李文靜　　　　　　57
17 沒有什麼 / 離畢華　　　　58
18 完美症狀 / 傑狐　　　　　59
19 空空 / 王兆基　　　　　　60
20 空思夢想 / 離喚　　　　　61
21 他的魔術紙箱 / 紅紅　　　62

04

發刊詞 /紅紅

進入年刊Vol.02準備期時，烀電子刊也已經共發行了七期。或許因為編審成員分別居住在亞洲的三地，也或許由於詩作只收投稿，我們發現烀的作者組成有更趨年輕與國際多元的現象，而這也是我們所樂見的。另一方面，烀在詩的形式與長度皆沒有特定限制，對於已經寫作多年的作者來說，這裡也像是他們可以實驗或挑戰自我的小園地。

第二本年刊在駐版合作方面共加入了兩個元素。其一是由詩人／建築師雙重身分的不清為烀所撰寫的專欄，探討建築美學與詩的關聯及其延伸。據我所知有不少詩人來自建築的背景，相信這個專欄能帶給讀者們在寫作上與鑑賞上不同的思考方向與激盪。另一個加入烀駐版合作的是「YIPING：不存在的詩展」團隊，由他們每期選出一首詩來進行策展，並在IG平台上展出。這兩個駐版合作的加入，彷彿也與一整年度的「空間三題：地、空、之間」主題緊密呼應。除了空間三題，我們特別加開了「身體自主」主題單元來回應當前的社會議題。而在年刊封面的設計上，我們也加入了空間的元素，希望讓整本刊物更具有空間感。打開烀，如同走入詩的宮殿，我們各自以不同的角度，看見古埃及太陽神祇的真知、神聖之眼。

烀還很年輕，也仍然在探索變形中。希望這本刊物對於創作者來說是一個以作品本身為門檻的舞台。這兩年來看到不少從烀創刊初期就投稿的詩人們在寫作上屢獲肯定或集結作品出版，就彷彿這份刊物也和作者／讀者們一同在成長茁壯那樣，令我們深受鼓舞。

烀是一個獨立出版的刊物，感謝松鼠文化第二年協助我們發行上架網路及實體書店。更感謝一路支持我們的舊雨及新知。期待更多創作者與讀者做伙來訪烀。你我以眼睛生火，我們相互取暖，不停鍛鑄。

關於 烼RaPoetry

- ●「烼」，羅馬拼音zhi4，音同「誌」。Ra為古埃及太陽神祇，象徵光明、溫暖、生長、創造。

- ●烼Ra Poetry以詩為火，揭火起意。將以詩為縱軸，橫向納入與主題有關的攝影創作、podcast、微電影、散文、雜文或微小說書寫、書法、建築美學、虛擬詩展、人物訪談......等等。

- ●一年共發行三期電子刊（每期不同主題）及一本紙本年度選集。徵稿各類型現代詩。以華文詩為主（可混搭但以華文為主），行數、形式不限（長詩、圖像詩、散文詩、動態超文本詩也歡迎）。

- ●一個電子與紙本並存，平面與立體兼具的詩刊。不以一本詩刊為志，玩伙一本詩刊的可能。

- ●飲古老的血，嗜年輕的詩。烼面前，人與詩平等。

烡 RaPoetry
年刊 VOL.02
〖收錄電子刊 ISSUE 04-06 選集〗
2024 · JUL

發行：烡 Ra Poetry
總編輯/當期主編：紅紅
審稿/企劃：火星喵、邪火雲神、紅紅
封面/設計排版/藝術總監：劉寅生
刊頭題字：陳英樂
校對：紅紅、賴凱俐
駐版合作專欄作家/藝術家：漫漁、劉寅生、吳國豪、不清、YIPING
地、空、之間、身體自主主題詩內頁攝影作者各為：David Su、劉寅生、紅紅、劉寅生
來稿或合作聯繫請email：rapoetrytw@gmail.com
徵稿及刊物相關訊息請上烡官網及臉書IG：www.rapoetrytw.com

出版：松鼠文化有限公司
地址：260024宜蘭縣宜蘭市黎明三路一段57巷20號4樓
電話：(02) 2234-2783
服務信箱：squirrel.culture@gmail.com
Facebook：facebook.com/squirrel.culture
法律顧問：陳倚箴律師
印務經理：曾國勳
印刷：沐春行銷創意有限公司
總經銷：紅螞蟻圖書有限公司
地址：114066臺北市內湖區舊宗路二段121巷19號
電話：(02) 2795-3656　傳真：(02) 2795-4100
初版：2024年七月
定價：新臺幣 250 元
ISBN：978-626-96976-3-2

國家圖書館出版品預行編目(CIP)資料

火寺年刊. vol.02, 收錄電子刊ISSUE 04-06選集/紅紅總編輯.
-- 初版. -- 宜蘭市：松鼠文化有限公司,2024.07
168面；17x23公分
ISBN 978-626-96976-3-2(平裝)

863.3　　　　　　　　　　　113010694